外語帶你走向一個
更廣闊的世界

這位台灣郎會說
25種語言

謝智翔——著

〈推薦序〉他學語言的歷程，如成長小說般精采／史嘉琳　006

〈推薦序〉習得語言，也習得自己——語言決定我們看到的世界
　　　　　／褚士瑩　009

〈前　言〉給所有人的語言心靈雞湯　013

Part 1 我的語言冒險之旅

❶ 不刻意學卻自然會的年少經驗　018
不想學自己的母語，背後的原因是？／與快樂連結，語言便輕易琅琅上口／娛樂中學會了英日語

❷ 外語強的關鍵不在智商　024
打通語言任督二脈／進入語言爆炸期／拉丁文是一種死語，活語可以簡單學

❸ 學語言真的可以速成嗎？　031
一年精通法文的實驗做法／不一樣的文法課／聽不懂也要聽，不想寫也得寫／一個成功的語言速成經驗／多語達人共有的好方法／放下速成、檢定考的迷思，自在接觸外語

❹ 在法國，不只說法語　039
出發前，先上網與外國朋友聊天／參加語言桌子活動／不用翻譯思維，改用情境導向表達／拋開課堂式學習，讓外語走進生活

❺ 無招勝有招——感覺對了，就是對了　046
怎麼學會怎麼用／不執著「對不對」「合不合理」

Contents

❻ 越南語給我的啓示——原來我的英語被文字綁架了！　051
和海明威一樣幸運的我 / 原來越南離我好近 / 交流中遇見了
豐富人情 / 倒過來！先學聲音再學文字更對味 / 倒著說的祕
密

❼ 語言達人的滑鐵盧　062
沒去過阿拉伯國家，不可能學會阿語?! / 前往敘利亞展開大
冒險 / 中東小城三件難忘的事 / 希望你們一切都好，敘利亞
的朋友們！ / 美國人也有聽不懂美語的時候

❽ 不懂文法、不愛背單字，就沒門兒？　071
美國唐人街，普通話不普通 / 當兵時土法煉鋼學俄語 / 文法
和單字，是語言學習的假障礙

❾ 在日本發現語言學習的聖杯　078
語言之神與語言fob / 日本甲子園的打工度假生活 / 311大地
震，危難中體認到世界一家 / 人人會說七種語言的大阪河馬
家族 / 多語人，讓我看見不一樣的世界觀

❿ 在亞馬遜雨林找到學語言的原點　092
利用暑假學印加帝國的官方語言 / 歷年來學得最快的學生 /
爲何以「小朋友的方式」學語言最快？ / 亞馬遜雨林的美國
夏令營 / 主動和在日本街頭表演的南美人攀談 / 會說一口
「輪轉」台語的日本阿伯 / 在澳洲認識的祕魯女孩 / 克丘亞
語難學嗎？ / 買下雨林

⓫ 如何利用在國外時間，讓語言有最大進步？ 113

日本打工度假後，轉換到美國留學／在美國，我用日語過研究生生活／遊學、留學時該如何學好語言？

⓬ 學外語，讓我更能聽見非主流的聲音 122

生死交關的土耳其經驗／找機會接觸不一樣的聲音／如何讓自己更有國際觀？／土耳其語的來龍去脈？

⓭ 語言不通，旅行更好玩 131

即使雞同鴨講，旅行仍舊充滿樂趣／如何把對語言的「恐懼」變「有趣」？／別想太多，語言就不難了／用小朋友的方法認識世界

⓮ 非洲教我的四堂重要課 140

第一課——千萬不要念語言學校／第二課——這時該用哪種語言和對方交談？／第三課——探索國際志工的意義／第四課——多語言的真正意義

⓯ 探索自己，找回學語言的初衷 152

為什麼我會想學多語言？／多語心的轉折

Contents

Part 2 我的學習實戰分享

⑯ 在台灣學外語很難嗎？ 160

習慣多語思維的布農族朋友 / 原來台灣有大陳島方言 / 克服對語言的恐懼 / 我在台灣學印尼語 / 擁抱鄰居，才能擁抱全世界

⑰ 如何和外國人做朋友？ 168

關鍵 1 / 關鍵 2 / 關鍵 3 / 關鍵 4 / 關鍵 5

⑱ 出門在外最棒的社群建立法 176

宗教團體 / 公益團體 / 沙發衝浪或 Meet up 的網路聚會 / 透過興趣和才藝與人接觸 / 雜貨店生活圈，讓我一個月就融入當地 / 找警衛聊天、參加各種聚會 / 失敗的德語學習經驗

⑲ 你用騎腳踏車式，還是算數學方式學語言？——
語言習得 VS. 語言學習 187

騎腳踏車和算數學的差別 / 小測驗了解你對語言的自信 / 語言習得像騎腳踏車，語言學習就像算數學

⑳ 語言自然習得法，學來輕鬆又不容易忘！ 194

語言界的成功者謬誤 / 第一步——聽不懂也要一直聽 / 第二步——跟著開口說 / 第三步——學文字、閱讀、寫作轉大人

〈結語〉多語思維，打破溝通的藩籬 201
語言習得 Q&A 204

他學語言的歷程，如成長小說般精采

史嘉琳Karen Steffen Chung（台大外文系副教授）

　　Terry 第一次來上我的英語聽講實習課時，我發現他是個特別積極、有自己想法的人，不像一般台灣學生，比較被動的去滿足課堂要求後覺得這樣就了事了。Terry 對世界各國語言有深厚的興趣，也很主動地自己去學，找人練習，不浪費時間抱怨「台灣沒有學某語言的環境」。他能這樣多管齊下，同時學得這麼多種語言的聽說讀寫，令我讚嘆不已。

　　唯一讓我比較納悶的是，Terry 學這麼多語言，學得又這麼好，也明知道我的教學重點是英語聽力、口說與發音，可是他竟然跟我說，他覺得發音並不很重要。當時我只能笑一笑，心想，總有一天你會了解，好的發音主要不是為自己，而是為了不要讓對方聽你講話時覺得很費心，也比較容易贏得別人的信任與接納。

　　有一天，Terry 跑過來跟我說，他要創辦一個新社團，名叫「多國語言交換社」（後來改名為「台大多國語言會話練習社」），需要找一位教師當指導老師，問我願不願意。

我嚇了一跳，看到有學生真的要 take action 做一件這麼有意義的事，肯定會激發很多人對外語的興趣，也會提供很多練習的機會，覺得很佩服，回過神後就立刻簽字。直到很多年後的今天，我還繼續當這個社團的指導老師，每個學期至少為多語社去演講一次，也不定時跟幹部討論社團的未來方向與活動。

過了幾年，Terry 出現在我的語音學班上，又讓我嚇了一跳。這門課分量比較重，聽力也要練到在沒有上下文做靠山的情況下，能辨別出很細微的語音差別，說話方面也要把音抓得很精準，不只是子音母音對就好，還要每一句話從頭到尾像母語人士一樣把重音放對地方。Terry 後來念得很好，我們課外也常討論各種語言學習問題，有一次他向我借了一本書，就是 Norman Doidge 的《*The Brain That Changes Itself*》，他讀完後表示自己已被說服——學任何新東西，包括語言在內，不用怕過了幾歲以後就無法學好，人腦直到死亡為止還可以保持高度的可塑性。之後，Terry 好像更有信心地認為，只要方法對，肯努力，人的學習能力是無止境的，於是他就著手開始學更多的語言。

後來 Terry 在美國念語言學碩士時，我得知他有機會到厄瓜多去學克丘亞語（Quechua），感到非常開心，因為這是我自己感興趣的語言，覺得自己的得意門生等於替我完成

一個心願，就比較不用急著自己去了。

前幾週，Terry再次讓我嚇了一跳。有一天下課後，他來找我，說他已經寫了一本書，記述自己學語言的心路歷程，問我可不可以幫他寫推薦序？人再忙、再忙，這種事情只能說yes。

一開始讀Terry這本書，讀者可能會以為這又是一本「如何把外語學好」的書，有這樣期待的讀者，Terry不會讓你失望的。不過，讀到後來你會發現，原先以為是學習手冊兼遊記，其實比較像是Bildungsroman（成長小說），Terry在書中談及他如何質問自己，學這麼多語言真正的動機是什麼？是為了贏得別人的讚美與接納嗎？於是Terry就袒露出他這番自我檢討的結果，相當感人。

最後引用Terry第三章裡的一句話來勉勵各位讀者：

「求快是我們的大敵，只要我們不急也不怕慢，用開心開放的態度每天接觸語言，一定能手到擒來。」

〈推薦序〉

習得語言，也習得自己——
語言決定我們看到的世界

褚士瑩（國際NGO工作者）

　　在讀「多國語言習得活動網」的創辦人、也是我的大學學弟Terry謝智翔描述自己語言學習歷程的書《這位台灣郎會說25種語言》時，有一種熟悉、愉快的感覺，也帶回語言學習的一些爆笑回憶。

　　記得在大學時代決定前往埃及念研究所之前，我特定請了一個阿拉伯語家教，為了學習我真正需要的阿拉伯語，當時還自己用英語寫了課綱，請家教按照這份量身定做的學習計畫來教我。

　　後來，除了每次上課的學費之外，老師開始不斷跟我借錢調頭寸，借的錢從來沒有還過，但我覺得能在台灣先學好基礎的阿拉伯文再去念書，還是很值得啊！所以咬著牙繼續上課。等我自信滿滿地出發，到了開羅機場以後，赫然發現埃及人說的話我完全聽不懂，他們也聽不懂我的阿拉伯語，感到莫大的震撼，難道學了這麼久是假的嗎？當時完全不知道原因出在哪裡，第一個念頭就立刻想到家教老師的臉：「你這個大

騙子！錢給我還來！」

　　後來我才明白，我一直學的是「約旦阿拉伯語」，既不是標準阿拉伯語，也不是埃及阿拉伯語，我在埃及的求學生活，就這樣在顛簸中開始。

　　在埃及念書時，我在學校使用阿拉伯語和英語；學校裡的亞洲人，除了我就只有兩個日本女生，我們很快成為好朋友，也因此可以在埃及有繼續使用日文的機會。

　　我們當時課餘最大的外快來源，就是帶觀光團當地陪，或是幫日本、韓國的商社做口譯工作。沒有什麼工作機會的時候，我一半出於無聊，開始在「阿拉伯之春」革命聖地——解放廣場——附近的埃及莎草紙店做所謂「flycatcher」的工作。

　　flycatcher，基本上就是假借交朋友的搭訕方法，在路上引誘外國觀光客到店裡購買高價的東西。剛開始在開羅生活時，每天走在路上不堪其擾，於是隨口向埃及人編了一個謊言：「我是柬埔寨人，很窮。沒有閒錢買那種沒用的東西。」

　　結果「這條街上剛搬來的那個亞洲人，跟我們一樣是第三世界國家的兄弟，不要敲他竹槓」的小道消息不脛而走，事情發展到我走在路上甚至會有人關心我錢夠不夠用，要給我零用錢的地步。

　　說出去的話覆水難收，我只好從此扮演會說好幾種亞

洲語言的柬埔寨人，直到離開埃及為止（柬埔寨，對不起！）。那時，街上的莎草紙店因為同情我，想要幫我增加收入，就給了我這份 flycatcher 的工作。老闆說，觀光客對上前搭訕的埃及人很有戒心，所以若遇到亞洲觀光客就會派我出馬，交代我要假裝是日本人，讓他們卸下心防，然後帶到店裡來買東西。一夕之間，我的角色要從「被害者」變成「加害者」。

其實我對賺這種有如金光黨勾當的錢，一點興趣也沒有，但想了想，還是答應了，因為這份工作可以讓我跟本來毫無機會接觸的中下層埃及市井小民一起工作、一起生活，而有深入接觸的機會，也可以趁機跟來自世界各地的人，使用不同語言聊天。

由於我都會交代跟著我回店裡的觀光客，抱著來玩玩、交朋友的心態就好，不見得要買東西，所以基本上業績總是掛零，我也因此需要幫忙在店裡畫仿古董莎草紙畫來補貼——這個我就沒問題了，反正有時在圖坦卡門王的木乃伊上多畫支手機什麼的，沒有人發現，也挺有意思。

對於一個個性原本害羞的人，要不是有此光明正大的理由，是不可能跟陌生人搭訕的，這無意間也成了學習跟人面對面溝通、學習如何在最短時間取得雙方信任的好機會。

後來我每次在路上，看到摩門教士在路上傳教，就想起

在開羅那段荒唐的打工日子，我完全可以理解他們的心，好像我們根本是同路人。

其實，傳教的人就是把宗教當成商品的業務員。有多少外國人因此改信摩門教，其實不怎麼重要，重要的是在傳教的過程中，他們學習到如何用對方的語言，來溝通以自己的母語難以說明清楚的、而且多數人都難以了解的「信仰」這件事。

年輕的宣教士在國外宣教的過程中，就是創造一個自然的「語言習得」（language acquisition）環境，體會學習語言、跟異文化成功溝通的快樂，就算像我一樣賣莎草紙「業績」掛零，這個經驗也會轉化成為未來一輩子受用不盡、可以行遍天下的「溝通力」。

就像Terry在書中說的：

「我們應該回歸學語言的原點，想想自己到底為什麼想學語言，又想用語言做什麼事，用適合自己的方法和腳步朝這些目標前進。我們可以多想想怎麼培養對語言的興趣，怎麼讓語言融入自己的生活。」

對我來說，學習語言的快樂，在於讓自己成為一個有溝通力的人。離開埃及的爆笑歲月多年，我仍然這麼相信著，因為語言，決定了我們看到的世界，是什麼樣子。

給所有人的語言心靈雞湯

　　如果我沒有開始對語言有興趣、認識史嘉琳老師，我可能一輩子以為自己英文不錯，永遠沒辦法真的學好英語。

　　國高中的時候，雖然我不是為了讀書考試，而是透過網路遊戲和電腦遊戲學習英語，但學校無數的考試仍讓我不自覺地養成了用考試成績去建立英語自信的習慣。不論大小考還是檢定考，我都有非常好的成績，一直自我感覺英文良好；除此之外，因為我敢說，不怕與人溝通，也一直認為自己的口語聽力沒有什麼問題，這樣的認知到大學都沒有改變，直到我認識了史嘉琳老師。

　　我和幾位喜歡多語的好友都稱史嘉琳老師是台灣的「多語教母」，來自美國的她不但會說國語，更能用中文寫文章。除了中文，她還學過其他語言，卻從不張揚，她一直是我們的典範。我大二時開始上史老師的英語課，課程中她從來不談檢定考，只要我們學好道地的英語。她特別強調溝通和口語表達，不只要讓別人聽得懂我們在說什麼，更要讓人聽起來舒服；如果我們不注意發音和語調，不但容易讓對方誤會我們的意思，我們自己聽對方講，也容易會錯意，終

究無法與人流利溝通。她常會舉臉書創辦人馬克‧祖克柏為例，問我們在聽過他清華大學的中文演說後，對於他音調怪怪的中文有何感想，並且指出，台式英語給人的感覺正是如此。透過我們自己的語言就比較能了解，把發音學好主要不是因為自己的虛榮心，而是為了體貼對方，不要讓對方因為一直得猜你要講的意思而感到疲勞。

那時的我被自己超群的考試成績矇蔽，即使理智上了解老師的說法，卻不願意去執行。我以為自己讀書求學的方式是對的，把單字用文法串起來就是英文，別人都能聽得懂，與其去研究如何說一口道地英語，不如多看點書，多學些單字片語和深奧的用法。喜歡思辯的我甚至寫了長篇大論去挑戰老師，表示語言只要聽得懂就好，不需要這麼講究。大三的時候，我參加了哈佛大學和台大學生的交流活動，大家一起生活了三天，用英文討論世界上的大小事，過程中我並未感受到任何溝通問題，直到離別的晚宴上，我和身旁的哈佛學生討論法國女性主義作家西蒙‧波娃，與我共處一室的室友聽到我們的討論，突然很驚訝地跟我說：「Terry！這幾天我一直以為你不會說英文，沒想到你可以討論這麼難的題目。」這個評語讓我震驚，我們共處三天講了這麼多話，對方竟然覺得我不太會說英文！那時我才開始有些自覺，重新思考什麼是語言。還有一次，有位跟我一起上史嘉琳老師課的朋友對我說：「你說日文時好流利，但你說英語的時候，

聽的人似乎得靠前後文去猜你說什麼，你日語怎麼學的？」

　　儘管聽了這些質疑，我仍孜孜不倦地貫徹我機械式學英文的信仰，我通過了更多更難的考試，還在台灣大學的拼字比賽中擊敗母語人士得到冠軍，從史嘉琳老師手上接下殊榮。然而，直到畢業前，老師會稱讚某某人英文好，卻從未說過我英文好，提到我的時候總是說：「Terry 會很多語言，而且真的會說。」

　　我付出了很多努力，卻得不到肯定；知道自己的學習方法或許有問題，卻沒有勇氣真正去面對，或是沒有信心改變。我可能不相信自己能有所做為。

　　畢業後，我開始了多語冒險，多年後再次拜訪史嘉琳老師，告訴她我這些年來學習多語言的趣聞，再續師生情誼。正要說再見的時候，老師突然對我說：「你的英文終於變好了！你是怎麼做到的？等會兒來跟我吃飯吧！」

　　這句等待了十年的肯定，比學會一個新語言還讓我欣慰。我想用這本書和你分享這個喜悅，敘述我如何改變，以及冒險闖盪世界的故事，這不僅是一本談語言學習書，更是一本語言的心靈雞湯，希望對你學習和成長的路上有所助益。

語言一定要先「學」過才會嗎？

如果沒有教材、文法書、單字書，甚至連文字都沒有，沒有
東西「學」怎麼辦？

Part 1

我的語言冒險之旅

1

不刻意學卻自然會的年少經驗

我們都以為小朋友學語言學得很快，只要有完善的環境，不用幾個月就能開口說新的語言——我約旦朋友Hesham的大兒子就是如此，搬去美國才一個月，英語就說得嚇嚇叫。然而，有一位和我極為熟識的小朋友，他從小聽父母說母語，多年下來卻沒有學會這個語言，僅能勉強聽懂。到底是什麼造成了這個差異呢？有環境就能學會語言嗎？

這個不會說自己母語的小朋友，就是年幼的我。

⊙ 不想學自己的母語，背後的原因是？

華語圈流傳著許多客家話的都市傳奇，比如客家話差點成為中華民國國語，或是客家人比較有語言天分等。身為「百分百客人」的我，實在無法理解這個天分，也無法相信客家人有「客語基因」，因為我連我的母語都沒有學會。

我的父母都是客家人，客語是整個家族的語言，即使到美國探訪移居當地的親戚，最常聽到的仍是客語而非英語。然而，在這環境下長大的我並沒有學會客語，僅能勉強聽懂一些簡單字句，完成一段有頭有尾的對話是「不可能的任務」。

　　我隱約知道自己沒學會客語的原因，但一直沒去深究，直到最近有對年輕夫婦跟我說了他們家女兒的「語言障礙」後，我才確定了這個長久以來潛伏在心裡的想法。

　　他們說：「我們都講台語，大女兒小時候也會講，現在八歲的她卻變得很排斥。仔細想想，這可能是因為我們談論不想讓她知道的事情時都會故意用台語。原以為她會想要『偷聽懂』，所以更想學台語，事實上她卻更排斥，覺得『不想讓我聽懂，我就不要聽懂』，總是跟大家說她不會台語。我們希望她會說台語，但又不知道該怎麼辦，你有什麼好建議嗎？」

　　此時我出現了強烈的情緒反應，也覺得有些不好意思，因為這對夫婦敘述的，就是我兒時對客語的感覺，也是我沒有學會客語的主因。

　　我的父母也喜歡在背後用客語交談，他們總是用客語進行不想讓我知道的談話，這類談話出現的時機大多是我做錯事之後，或是家裡有重大變革之前。他們總是先討論好懲罰對策或是表達方式之後才跟我說，如此一來，要說的事已經

先被思考過，還能間接鼓勵我學客語。但從我的角度來看，被用自己不熟悉的語言討論，感覺不被尊重也不被信任，反而產生了「不想讓我知道，我就不要知道」的倔強，變得更不想去聽客語；除此之外，緊接在「客語談話」之後的，總是懲罰或我不想要的改變，久而久之，客語和討厭的事產生連結，變成引起恐懼反應的開關，我就像帕夫洛夫的狗＊，一聽到客語就會吞下不安的口水，腦袋空白，覺得自己要大難臨頭。在這樣的情況下，要學會客語真的比登天還難，有再好的客語環境也難以回天。

這對年輕夫婦的女兒遇到和我類似的情況，如果要讓她願意重新接觸台語，不是去上課、也不是一直跟她說台語，這樣只會讓她更反感。於是，我給了這對年輕夫婦一個錦囊妙計：「方法很簡單，你們只要讓她覺得說台語很新鮮又很快樂就行了。首先，你們要先停止在她背後用台語說話，改天我再請強者我朋友、台語說得很輪轉的金髮帥哥『阿發』去你們家『叨擾』，就沒問題了！」

⊙ 與快樂連結，語言便輕易琅琅上口

我不會說客家話，卻會說台語。即使我的台語沒有跟「正港歹灣郎」一樣好，有時也會「臭奶呆」（形容說話

時舌尖接觸牙齒，造成發音不清楚，形成童稚的聲音），但台語是我感到非常舒服，也最能引起我澎湃情感的語言。

小時候，有一位很照顧我的保母，我跟她家的人感情非常好，後來就算不在她家住了，仍會定期去拜訪，直到國中都是如此。保母家不只有好吃好喝的，還有我最愛的電玩遊戲，我常常和保母的兒子徹夜未眠打遊戲。那時家裡沒有電腦，更別說電玩了，保母家簡直像天堂！

保母一家是來自宜蘭的閩南人，日常生活都用台語溝通，台語也就成了這個電玩天堂的背景音樂，讓我很自然地把台語跟快樂劃上了等號，覺得台語是有趣的、開心的，是好吃又好玩的「快樂語言」，沒事就會隨便說幾句。此外，小時候喜歡跟保母去廟裡拜拜、上市場，進行這些活動時也都使用台語。如此一來，更加深了「台語」與「快樂」的連結，身心靈都願意接受這個語言，即使沒有每天都聽到台語，我仍然學會了。

回顧我學台語和客語的經歷，我發現自己並沒有特殊的「客語基因」或特殊的語言天分；我也發現，**即使環境很重要，它並不是學會語言的充分條件，我們的態度和想法似乎扮演更重要的角色。如果我們不想學會，也覺得我們學不會，就算有再好的環境也沒有用；如果我們想要學會，也覺得我們學得會，就一定能學會！**

⊙娛樂中學會了英日語

　　除了台語和客家話之外，我學英語和日語的過程也頗為特殊。

　　我的父母並沒有急著讓我學英語，直到我上國中之前，才去兒童美語學了一點基礎。此後雖然一直持續學習，成績也不差，但仍無法隨心所欲地實際應用，真正讓我學會英語的契機，是一款名為「網路創世紀」（Ultima Online）的網路遊戲。

　　網路創世紀是電玩史上第一套圖形化的線上角色扮演遊戲，當時這款遊戲的唯一語言是英文，沒有其他語言版本，跟其他玩家交流也只能用英文，沉迷在劍與魔法世界的我只好硬著頭皮靠字典在英文海中摸索；除了要弄懂遊戲規則之外，每天還要去玩家論壇找尋最新的遊戲資訊，在遊戲之中也要不斷和玩家用英文對話，比擬真實世界中的互相叫罵、討價還價和溝通協商等場景。一年下來，使用英文已變成生活中的一部分，儘管真實世界的口語溝通還有待加強，但勉強算是掌握了這個語言。

　　一九九〇年代末期不像現在有吃到飽的寬頻網路，必須使用撥接56K的數據機上網，除了網路費之外，還要另外支付一筆電話費。我記得某個月份的網路費和電話費總計逼近

一萬元，母親直說：「還好玩這個有學會英文，這一萬元就
當學費吧！」

　　上了高中，我從美系遊戲轉戰到日系遊戲，喜歡「純愛
手札」和「信長的野望」等策略類，「勇者鬥惡龍」和「太
空戰士」之類的角色扮演遊戲更是我的最愛；同時，我迷上
動畫與漫畫，為了更了解遊戲和動漫的內容，我開始有一搭
沒一搭地自學日語，讓日語變成每天生活的語言之一，就這
樣自然地學會了。

　　回顧這段經驗，我從不覺得自己在進行如同學校科目般
的學習，反而因為娛樂的需求，每天都會主動去接觸，久
而久之成了習慣，就將這些語言學了起來。由此可見「自然
的需求」是一個很重要的因素，**如果語言是我們日常生活的
一部分，我們並不需要特別去「學」它就會了**；如果我們把
語言當成學科，為了學語言而學語言，我們就會很痛苦。用
「不學」的方式，或許才是語言的捷徑。

---

*注：俄國心理學家帕夫洛夫以狗進行實驗，發現食物不用進到狗
　　的胃裡，光靠視覺、嗅覺、味覺等就能刺激牠的胃液分泌。
　　這就是心理學上著名的「制約反應」。

外語強的關鍵不在智商

　　出生於德國烏姆的亞伯特‧愛因斯坦是世界公認數一數二聰明的人，他的相對論讓人類看見了超越時間、空間和物質限制的可能。然而，這位可能是史上IQ最高的人類，其語言能力卻僅是一般，甚至還被懷疑有「失讀症」。十五歲時，他報考了蘇黎世科技大學，雖然在物理和數學拿到極高分，但因為法文和通識科目未達標準，鎩羽而歸。晚年長居美國的他表示：「我不太會英文，德文是我唯一感到舒服自在的語言。」

　　語言跟智商的關係為何？我們需要更聰明才能學會新語言嗎？會越多語言的人真的就越聰明嗎？

⊙打通語言任督二脈

　　高中時第一次看了羅賓‧威廉斯主演的電影《春風化雨》，這部片以拉丁文名句「carpe diem」（抓住這天、把握當下）貫穿全劇，引起了我對拉丁文的興趣；爾後又聽聞拉丁文可以打通語言的「任督二脈」，進了大學後就興沖沖地選修了拉丁文，總共學了三個學期，語言的任督二脈也確實被打通了，而其中的一脈，和我們熟悉的羅馬字母有關。

　　多年來，我習慣以英文拼字的方式去念用羅馬字母書寫的文字，因此，剛學拉丁文時，完全無法習慣以非英文的方式去念同樣是用羅馬字母書寫的拉丁文。那種感覺很像一種束縛，也像一種改不掉的反射，明知道那不是英文，但大腦怎樣就是轉不過來，拉丁文怎麼念都念得像英文，花了一個月才改掉這個習慣。從此之後，我可以依照自己的意志去念羅馬字，不受英文或任何一個語言限制。

　　被打通的第二脈，則是我對語言的興趣。授課的康華倫老師，父親是義大利人，母親是法國人。他從小在雙母語的環境長大，對語言特別有興趣，除了英文和德文等歐洲語言之外，也學了中文和日文等亞洲語言。通曉多國語言的康老師總是用多國語言來解釋拉丁文的文法，例如拉丁文的某某地方類似於日文的助詞「ni」，某個地方又可以用德文的

「與格」解釋，某個地方甚至用中文解釋更簡單直接。我當時雖然不太了解這些跨語言的比較是怎麼回事，但總是聽得入神，想像自己若了解這些語言，就能跟老師有更多共鳴。

有一天，一個可以用各國語言跟老師互動的人物終於出現了。這位從歐洲回來的學長來到課堂上拜訪，席間突然跟老師進行一場你來我往的法文辯論，雖然我完全聽不懂，卻異常興奮，彷彿自己就是那位學長，用各國語言跟老師探討拉丁文的博大精深。直到辯論結束後我才驚醒，發現自己並不會多國語言，回到現實後覺得落寞，但轉念一想：「如果學長可以，我也一定可以，我也要學會多國語言！」於是這堂精采的課，便成為我學多國語言的導火線。

⊙進入語言爆炸期

命運似乎覺得導火線一條不夠，買一送一地再給了我一條。同時間我認識了語言學教授——史嘉琳老師，老師會講國語，用中文寫文章也沒問題，除了中文之外還學過不少其他語言。老師在課堂上表示，小時候在家裡跟父親學德語，念高中時接觸了其他歐洲語言，也去過墨西哥做交換生；高二、高三時當過德語和西班牙文課的老師，高中畢業後，赴德做一年的交換生，回美國念大學時，決定主修中文。我有

位同學對罕見語言有興趣，特別去請教老師緬甸語，得知老師在夏威夷學過一年的緬甸語，最近幾年的暑假還去喬治亞學喬治亞語。遇到史嘉琳老師，讓我更相信人的無限可能，奠定了我想學多國語言的決心。

雖然在追求語言的過程中，我也會自我懷疑、想要半途而廢，例如剛開始學法文時，我曾想過：「英文學了好多年才勉強能隨心所欲地使用，我從頭開始學法文的話，至少也需要十多年的時間，這樣要到幾歲才能有像康老師和史老師一樣的功力呢？不如放棄吧！」不過，也許是天性使然，我很快就忘記了這些負面想法，靠著一股傻勁，開始執行各種語言學習計畫，進入了語言爆炸期。

回顧自己當時義無反顧的傻勁，讓我想起了蘋果電腦的創辦人史提夫‧賈柏斯。他生前在史丹佛大學畢業典禮致詞的時候，敘述了一個「把點連成線」的親身體驗。當他是大學新鮮人時，對學校課業不感興趣，學費的負擔也讓他覺得吃力，雖然對未來沒有特別想法，但仍毅然決然退學，做自己喜歡的事。退學後，他旁聽了一門字型課程，當時他並不知道這門課對未來有什麼幫助，也不知道這些知識的用途，只覺得各種字型很美，想一窺究竟。十年後，他創造了蘋果個人電腦，字型美學的知識派上了用場，影響了整個世代的電腦設計。今天，我們不管是用 Linux、Windows 還是蘋

果，都有漂亮的界面和字型，這一切都要歸功於這堂當時看似無用的字型課。因此，賈伯斯說，**我們雖然看不見未來，但要相信每個當下我們真的想做的事，在未來回顧時，都會變得有意義；每件事就像一個小點，最終這些點會連成一條線，成為我們完成夢想的軌跡。**

⊙拉丁文是一種死語，活語可以簡單學

大家可能聽說過拉丁文很難，拉丁文到底難在哪裡？

拉丁文，一般來說是指羅馬帝國時期的古典拉丁文，這個語言已經沒人使用，被稱作「死語」，只能透過古代留下來的書籍和拉丁語學者撰寫的文法書學習，必須把「背單字、學文法」的精神發揮到極致。拉丁文是一個非常「曲折」的語言，除了有許多動詞變化之外，還有很多名詞的格變化。如果說英文的文法是小學等級的加減乘除，拉丁文的文法就是研究所的傅立葉變換。

拉丁文的每一個「名詞」都有格變化，名詞扮演不同的角色時，會長的不一樣。舉《春風化雨》裡提到的拉丁文名句「carpe diem」來說，carpe diem 裡的 diem 是「天」（day）的意思，在 carpe diem 裡扮演的角色是受詞，所以型態是 diem；如果 diem 是主詞，就會變成 dies，間接受詞則是

diei。除了這些之外，還有 die、dies、dierum 等各種變身。學英文時，我們就只要學一個 day 即可，拉丁文光一個 diem 就學不完了。要記下這些變化並知道運用的時機，需要超群的記憶力和邏輯分析能力，而這正是為何古今中外，人們一致認為通曉拉丁文的人肯定有很高智商的原因，甚至還有學拉丁文可以提高智商的說法。如果我們認為學語言都跟學拉丁文一樣，會覺得學語言一定要很聰明，做出懂越多語言就越聰明的推論，也會認為自己頭腦不好就無法學好語言。幸好，拉丁文跟一般語言不同，我們不需要用學拉丁文的方式來學一般語言，也不需要特別高的智商。

拉丁文是一種死語，沒有人會在日常生活中使用，所以我們只能用傳統方式學習，**但英文、法文、日文這些語言是「活語」，我們可以透過「小朋友的方式」來學**，如此一來就簡單多了。

一般人只要沒有先天性的生理障礙，大概在兩到三歲就能用語言跟人溝通。長大之後，都會點東西吃、問路、閒聊、吵架和談情說愛，並**不會因為智商而有所差別，僅有可能因教育程度造成用字遣詞的差異，跟語言本身無關**。由此可見，透過這種自然的方式接觸語言，所有人都在同一個起跑點上，頭腦轉得快的人能學會，反應比較慢的人能學會，喜歡念書和不喜歡念書的人，也都能學會。

許多人之所以認爲語言跟智商有關，是因爲以爲學語言都跟學拉丁文一樣。只要不把語言當成拉丁文，不需要有愛因斯坦般的智商，也能學會任何語言，甚至很多語言！

3

學語言真的可以速成嗎？

　　有一年夏天，我到德國杜賽朵夫進修德語，分級*考試後被分到A2班，一星期後突然被換到B1班；再隔一星期，我轉到柏林進修德語，這次分級考試後我被分到B2班。到底這兩個星期之間發生了什麼事，讓我一下子從A2升級到B2？兩週後我回到台灣，報名參加兩個月後的一場德語TestDaf考試，總和17分，達到了C1等級。

　　兩個星期從A2變成B2，三個月從A2變成C1，這是速成，我當然也取巧。這個速成取巧的方法，就寫在下面。

⊙一年精通法文的實驗做法

　　大學時我決定以交換學生身分去法國。為了去法國接受全法語的教學環境，我必須在一年之內，讓自己的法語從不會變成精通。

這是一件我從未做過的事。當時我會的四個語言都是在「不知不覺」中學會，沒有爲了考試而計畫性地去學英語和日語，更沒有給自己明確目標，明定幾歲之前一定要會說台語或國語，因此我並不知道要如何才能在一年之內學會法語。原本想去補習班上法語速成班，但沒有任何補習班提供這樣的課程，所有的法文課都必須一級一級上，上完一套初級課程就要花個一年半載，無法滿足我要去當交換學生的需求。於是，最後我還是回到自學這條路上，心想：「既然不知道有什麼速成的方法，那就把有人認爲有效的方法都試試看。所有的方法都用了，總不會錯吧！」

⊙不一樣的文法課

上康華倫老師的拉丁文課時，我發現老師教文法的方式與眾不同。一般語言課程都是用「按部就班」的方式進行，以英語來說，我們先學了現在式，再學過去式，接著再學未來式，再來還有現在完成和過去完成式等。康老師的課並沒有這種進度的概念，他在課程初始就把所有的文法概念一次教完，但不要我們記熟，只要抓住概念就好，之後就是不斷地閱讀拉丁文經典名著，從中練習文法概念，逐漸熟練。如此一來，我們不會受到文法程度的限制，很快就可以閱讀有

趣的經典文學，不必從缺乏意義的簡單文章開始。初期固然會比較辛苦，但適應之後馬上就能閱讀各種文章，記憶中，我們沒學幾個星期之後就開始看凱薩的《高盧戰記》。

我決定套用此方式來學習法文，就去買了一本英文版的簡易法語文法書，快速掌握法語文法的主要概念，花兩個月把基礎單字和主要動詞變化記下。仿照閱讀拉丁文經典的精神，我買了很多適合自己程度的簡易法語小說，讓自己可以不用查字典仍一本接著一本讀，半年之後就能很輕鬆地閱讀法語，看懂各種報章雜誌和一般書籍。

⊙聽不懂也要聽，不想寫也得寫

然而，法語並不是拉丁文，這是一個活的語言，除了要看得懂，也必須要會寫，更要會聽跟說。當時有人告訴我一個**「聽不懂也要聽的」**方法，簡而言之，就是**在有情境的情況下，一直去聽某個語言，即使一開始聽不懂，一段時間之後就能聽懂**。於是我在網路上找到了一個叫做TV5的法語網站，每天早上和晚上都有約十分鐘的法語新聞節目，節目有畫面也有標題，靠著這些資訊，我每天都能多少聽懂一些，半年後真的從完全聽不懂，進化到大概都聽懂的程度。除了早晚看新聞之外，我也隨時讓自己能聽到法語，用有聲書、

廣播和音樂讓自己沉浸在法語世界。

　　最後，為了讓自己也能說和寫，我請了一位法籍華裔的家庭教師，批改我的日記並幫我練習口說。當時我**日記寫得非常勤，每天至少一篇**，有特別感受的話還會增加篇幅，半年內就寫了四本A4大小的日記，學會用法語表達自己。

⊙一個成功的語言速成經驗

　　半年之後，我已習慣法語，開始把法語融入到我的日常生活中，不再「為學而學」。喜歡玩電腦遊戲的我特地去網路上尋找各種遊戲的法語版，**把娛樂法語化**，將學會英文的經驗複製到法語上；當時我正在大學裡修習細胞生物學和遺傳學，還特地請我的家教從法國幫我帶回法國的細胞生物學和遺傳學的教科書，當作參考資料閱讀，同時也上法國的免費線上教學網站學習生物化學。一年之後，我報名了困難的法語檢定DALF C1，幸運地通過了考試，順利取得去法國當交換學生的入場券。

　　這是一個成功的語言速成經驗，但我認為關鍵並不在於我用了什麼特別的方法，而是我**每天徹底執行「看小說、聽新聞、寫日記」的決心和毅力**。大二那年，除了吃飯、睡覺和學校的考試，我把所有時間都花在法語上，平均每週高

達四十小時，還得忍受各種挫折和對抗自己的懶惰。維持每天早上和睡覺前收看法語新聞的習慣，其實很困難，很容易就敗給冬天的天氣和暑假放假的氣氛；日記寫不出東西的時候，也得為賦新詞強說愁地寫上兩頁。老實說，我並不覺得這真的是「速成」，只能說是一個成功的語言學習經驗，乍看之下我用一年的時間就精通法語，但我在一年之內花的時間，可能比一般人學兩、三年法文的總和還更多，這樣真的有比較快嗎？

⊙多語達人共有的好方法

Michael Erard是一位旅居台灣多年、知名的美國作家，他研究了許多多語達人學語言的方法，並將其整理、編撰成一本書《*Babel No More*》。他表示，儘管所有的多語達人都有獨門的方法，但這些看似毫無關聯的方法卻有一個共通之處，他稱為**「持續不懈」**。這些人之所以成功，不見得是因為他們用了什麼方法，而是在**決定了適合自己的方法之後，就持續不懈地去進行**；也不是因為用了某種特別好的方法，就能花很少的時間一蹴可幾。同理，我學法語的方法雖然讓我一年就達到精通的程度，也不代表它很有效，只能說這是一個可以讓我持續不懈的方法。如同Michel Erard所說：

「只要能夠讓你持續不懈的方法，就是好方法。」

　　許多人以爲用「神奇的方法」就不須付出很多努力，自動學會語言，這個「神奇的語言學習法」就像亞瑟王傳奇中的聖杯，以爲是救世的神器，到頭來才知是一場空。語言學習沒有神奇的方法，有時我們就是太重視方法，反而讓自己原地踏步。拋下這個迷思，才是學語言成功的第一步。

⊙放下速成、檢定考的迷思，自在接觸外語

　　我們都想很快學會語言，但學會語言到底是什麼意思呢？

　　在台灣，我們說的「速成」往往是指通過某個語言檢定，例如「我六個月就通過日檢N1」或是「三個月內從多益400分進步到900分」。如果語言的速成是指通過某種考試檢定的話，依我考過三十多次各種語言檢定的經驗，只要願意付出時間並練習考試技巧，這種「通過語言檢定的速成」是絕對可行的。

　　透過這種「語言檢定的速成」，我們可能可以勉強聽得懂新聞廣播、勉強看得懂報章雜誌、勉強跟人對話或談論時事，但要眞的內化語言，把語言變成「自己的」，不管哪一種速成法都不可能達到。「多益滿分卻不會說英語」或「日

檢 N1 通過卻不會說日語」，這些都是大家耳熟能詳的事，即使檢定內容不斷推陳出新，「實際語言能力」和「考試的語言能力」仍有很大的斷層。某次在林森北路一間日本酒吧看到一則人力仲介公司的廣告，廣告的其中一個重點，就是向日商保證「本公司介紹的台灣人真的會說日語」。原來，許多日商在台經商遇到一個很大的問題，就是找不到真正會日語的求職者，很多求職者號稱通過日檢或精通日文，進了公司才發現新人沒有實際使用日語的能力，只好重新找人。我有一位念日本佛教史的好朋友，也是透過某個補習班的速成法，一年之內很快地通過了舊制的日語一級檢定。他說，有準備的話，考試就不難，但要真的聽得懂日語，跟人用日語交談，卻要花很長的時間才能學會。事實上，在國外留學過，或是有深度語言使用經驗的人都知道，語言無法速成，只能日積月累慢慢培養；**任何速成法都有其極限，大多只是花拳繡腿，有一時的效用但無法持久。**

台灣人都很注重考試和檢定，深怕沒有證書就無法證明自己會外語。事實上，有經驗的企業主並不會太看重證書，面試時要求求職者直接用外語應答，立刻就知道外語能力了。因此，除非有具體的需要，例如取得某個等級的英檢證書就可以加薪、可以去交換學生或是方便求職等，我們無須執著於語言檢定，也不必以此去證明自己會某個語言。**比起檢定考試，更重要的是我們為什麼想學語言，會用語言做什**

麼事；我們可以不用跟人說「我通過日檢N幾」，但可以跟人說我們會用日語做什麼事。例如，如果有人問我日文程度如何，我會這樣回答：「我會用日文演講、簡報、談判、討論、寫評論、罵人、吵架、告白。雖然我的日語未必跟日本人一樣，但日本人講的我都聽得懂，我說的日本人也都能聽得懂。」下回，如果有人問你英語程度如何，可以不用回答「我多益多少分」，改說：「我會用英文教人做台灣菜」。

我們應該回歸學語言的原點，想想自己到底為什麼想學語言，又想用語言做什麼事，用適合自己的方法和腳步朝這些目標前進。我們可以多想想怎麼培養對語言的興趣，怎麼讓語言融入自己的生活；可以用新的語言去看連續劇、看卡通、看書、讀小說、交朋友、做菜、跳舞、去旅行，這些才是語言的初衷，也是學語言最快樂的事。

學語言沒有「神奇的方法」，也不用著急。求快是我們的大敵，只要我們不急也不怕慢，用欣喜、開放的態度每天接觸語言，一定能手到擒來。

_____

＊注：歐洲語言共同架構（Common European Framwork of Reference for Language，簡稱CEFR）是歐盟用來衡量語言能力的標準，共有A1、A2、B1、B2、C1和C2六個等級，A1是最初級，代表具有基本的溝通能力；C2是最高級，代表語言能力接近受過教育的母語人士。

4

在法國，不只說法語

「你是用哪個語言『看夢』*呢？」來多語咖啡採訪的日本記者好奇地問我。

「其實也不一定，跟語言程度好像無關，似乎是那陣子常用的語言機率比較高。」我回答。

「實在很不可思議，真的都不會搞混嗎？你一天都花多少時間學語言啊？⋯⋯」

不少朋友跟這位日本記者一樣，對會說許多語言的人有著各種有趣的問題。到底這群多語人過著怎樣的生活呢？

⊙出發前，先上網與外國朋友聊天

用一年的時間學會法語、通過學校的交換學生甄試之後，我帶著興奮與些許不安的情緒，踏上人生第一段長途

旅行，前往法國巴黎高等理工學院（Ecole Polytechnique, 簡稱 EP）展開為期一年的交換學生生活。這是我第一次獨自離家在外生活，對未知的歐洲充滿期待，更迫不及待想要看看自己勤練法語的成果。

去法國之前，我在網路上認識了一位叫 Fay 的法國高中生，常跟他用當時流行的 MSN 即時通聊天。Fay 來自舊法屬殖民地科摩羅（Comores），年幼時隨雙親移居巴黎，熱愛學習也很愛語言，因接觸動畫和漫畫之故，對東亞文化特別有興趣。他知道我要去高等理工學院交換學生時非常開心，花了很多時間向我解釋法國的高等教育。

法國的高等教育主要有兩個體系，一個是大學（Université），另一個是學院（Grande École）。大學是普遍教育，高中畢業就能就讀，一般而言沒有人數限制，三到四年可以畢業；學院是專精教育，高中畢業後要念兩年的準備學校（Prépa）、通過考試後才能就讀，每年開放的名額很少，要三到五年才可畢業，畢業就等同擁有碩士學位。公立大學院的福利很好，除了學費全免，學校還會給予獎學金，讓學生可以專心課業，發展自己的興趣。以 EP 來說，學校每個月會給學生約七百歐元的獎學金，另撥特別經費支援學生社團；伙食費是一般的二分之一，房租、水電也有特別減免，福利非常好，世界各地的學生因此慕名而來。

Fay 當時正要高中畢業，即將進入準備學校就讀。如同

我們的明星高中，Fay也想要進巴黎的明星準備學校，兩年後拚進理想的學院。這也是當他知道我要去EP時，比我還興奮的原因。

⊙參加語言桌子活動

　　EP一學年只收五百人，其中一百人是來自各國的國際學生，我有很大的機會去接觸世界各國的人、跟他們說他們的語言；EP也有很豐富的語言學習資源，除了課程之外，還有任何人都可以參加的「語言桌子」活動。什麼是語言桌子活動呢？以日語桌為例，每個星期五中午，學校的日文老師和日本人就會到學校餐廳用餐，想說日語的人可以跟他們共進午餐、以日語交談，如此一來，日語不只是一門課，而是生活的一部分。當時我靠著這些資源，每天都有機會說法語、英語、德語和日語，並用這些語言建立真實的人際關係。這個「語言桌子」就是現在台灣「多語咖啡」的原型。

　　儘管我在台灣用了各種方式學會這些語言，但從未用來交過朋友，這對我來說是個新體驗，也讓我對語言的感覺產生了極大變化。以法語為例，我在台灣時雖然跟法國人說過話，但沒有法國朋友，所以法語對我來說一直是一種沒有感情的存在；我可以造出「正確」的句子或使用「合乎規範」

的單字，但這些句子和單字缺少感情，就像把寫好的程式語言丟給電腦一樣，期待法文這台電腦會給我某種反應。

以前我會單向思考自己說的法語是文法上的「對」或「不對」，但法國人並不是電腦，每句話都帶有情感，跟法國人每天接觸之後，他們的情緒反應變成我的新法語座標，**擺脫「對」或「不對」的束縛，用「意思是否能表達」和「感情是否能傳遞」取代，法語也因此變得有血有肉。**

⊙不用翻譯思維，改用情境導向表達

在 EP 這個自然的多語環境，我每天和德國學生說德語、和法國學生說法語、和日本人說日語、和美國學生說英語，每天就像環遊世界，讓我對學多語有了更多信心。

剛開始時，我難免有「學一個忘一個」的疑慮，也會擔心「人腦會不會裝不下這麼多語言」，幸好一年下來，我所有的語言都變得越來越好，甚至發現同時在一個場合說兩到三種語言並沒那麼困難。然而，確實有許多人跟我說，他們有「學一個忘一個的經驗」，更有「同時要說英日語，腦袋就打結」的經驗，這又是為什麼呢？我認為，造成此差異有兩個原因，第一是跟習慣用「翻譯」的思考方式有關，第二則是學習語言的方式。

受到傳統語言教育的影響，我們可能會有學語言就是把母語翻成外語的認知。用翻譯的方式學語言，就常會遇到「我不知道×××怎麼說？」的情形，只好趕緊查字典；但沒有字典時怎麼辦呢？

其實，**我們並不一定要用翻譯的方式去表達想法，「情境導向」可能才是最好的方式**。例如，假設我們不知道「忘記」的英文是「forget」，某天跟朋友出門時忘了帶鑰匙，想跟朋友傳達時，如果不會講「我忘了帶鑰匙」，可以說「I don't have my key」去描述同樣的情境。此外，我們也不必像考翻譯考試一樣，強求自己講出完整句子，只要用隻字片語表達情境就行了。如此一來，同時說多國語言就不是多國語言同步逐字翻譯，而是用不同的方式描述同樣的情境，彼此也不會互相干擾。

⊙拋開課堂式學習，讓外語走進生活

「學一個忘一個」也可能跟學語言的方式有關係。

我讀大學時，台灣剛掀起一股學外語的風氣，學校因應這股潮流大開各國語言課程，除了常見的英語、日語、德語、法語等，也加入了韓語、菲律賓語、泰語、葡萄牙語、

義大利語、越南語等。有幾位「語言迷」的朋友就把所有的語言課盡可能塞進課表，形成「早上聽韓語、中午說越南語、下午讀俄語」的奇特大學生活，不過，上完課、考完試、拿到學分之後，並沒有任何人眞的記得這些語言。我在美國留學時也上過一學期的蒙古語課，考試成績都不錯，但一上完課，很快就還給老師了。

這種上課方式，跟我在巴黎接觸語言的方式很不同，在巴黎時我會自然地在生活中用到各種語言，不只是和人交際，我也會用各種語言去讀書、看電視劇。比如說，**有陣子我對聖經很有興趣，每天睡前就用我會的語言看一小段聖經，重點不在學了多少單字或文法，而是透過不同語言去理解聖經故事。**

在一般學校的體制下，語言課就像數學一樣是門「學科」──艱難的數學公式，只要一不用就忘了，同樣地，只要離開語言的課堂，我們也很快會忘得一乾二淨。

因此，如果想要會很多語言，過著豐富的多語生活，我們不需要去上很多語言課，需要的是**改變對語言的想法，拋開「對」和「錯」，少用翻譯的思考方式，並把語言變成生活的一部分**即可。假設在一天當中，我們有聽音樂、看連續劇和寫部落格抒發心情等三種不同需求，也有想學英文、西班牙文和日文這三個目標，我們就可以用三種不同的語言去

滿足這些需求。例如星期一早上看一集《陰屍路》，中午聽墨西哥的「Rancherita」（一種墨西哥音樂），晚上用日文跟朋友聊天、推特或寫部落格；星期二把順序換成早上用英文寫部落格，中午聽日本音樂團體「生物股長」的live演唱會，晚上再看墨西哥的「telenovela」（連續劇）。如此持續不斷地隨興變換，假以時日，這些語言就會在不知不覺中，變成身體細胞的共同記憶。

---

*注：日文的作夢（夢を見る）字面上直譯的話就是「看夢」。

5

無招勝有招——
感覺對了，就是對了

　　我是金庸迷，一直希望金庸小說有一天能跟《魔戒》和《冰與火之歌》一樣，被翻成多國語言，風靡全球。

　　《倚天屠龍記》中張三豐指導張無忌太極拳的橋段，是所有金庸作品裡讓我感觸最深的故事。張三豐教了張無忌許多招數之後，卻要他把這些招數全部忘掉，因為招數是死的，只有人才是活的，要打贏就必須用活人的招數。

　　在學習語言的過程中，我曾經沉迷於招式和套路，經過許多跌跌撞撞才體會到這個無招勝有招的境界。

⊙怎麼學會怎麼用

　　在法國一年下來，我體驗了豐富有趣的多語生活，也讓自己確實掌握了英、法、日、德等外語。我了解到，只要

願意花時間，重複之前學語言的模式，我就可以學會很多語言。然而，過程中幾個有趣的問題浮現，讓我發現「學的方式」確實會影響語言的學習成果。

　　表面上看起來，我好像精通了英、法、日、德這四個語言，不僅通過檢定考，也能勝任各種語言任務——以英語和法語寫學術報告、看德文報章雜誌、用日語演講。然而，這四個語言給我的感覺並不相同。德文和法文是我在短時間內用傳統「學文法、背單字」的方式學會，即使一年之內就讓聽說讀寫各項指標達到標竿，使用這兩個語言時總還是覺得卡卡的，很不流暢，我會反射性地去想到各種文法規定，每一句話都要符合規定才說出口，即使在法國待了一年，仍無法改掉這樣的思考習慣。

　　英文是我學最久的語言，雖然靠著玩電腦遊戲讓自己程度提升了不少，但因為學校教育的關係，我仍然是在傳統的「背單字、學文法」的邏輯下學習。我可以在各種檢定過關斬將，在拼字大賽中贏過母語人士，但實際使用英文時，不管怎樣就是跟母語人士的程度差一大截；除此之外，如同德語和法語，使用英文時我也總會先思考文法是否正確，無法脫口而出；還有，我最在意的，可能是我最敬佩的史嘉琳老師從來不覺得我英文好，提到我的時候，她總是說：「Terry 會很多語言。」於是，我試著去學更多單字、片

語、讀經典文章和小說，也刻意去矯正自己的發音，但似乎怎麼做都成效有限。這個停滯不前的感覺讓我很困擾，因為我不只想要會很多語言，也希望每個語言都能越來越好。根據心理學上的「臨界期假說」，人過了青少年期就無法把新學的語言學得非常好，我曾想用此說法說服自己到此為止，但怎麼樣都覺得心有不甘，後來，我終於在日語上看見了一道曙光。

比起其他外語，日文顯得很不一樣，總是讓我覺得舒服，沒有一絲勉強；我能自然地脫口而出，不急不徐地和人應對，**即使說得不道地，但從不會對自己的不完美感到焦慮，也不會因為「說錯」而不開心**。這就如同我對台語的感覺——我的台語能力如果用各種外在指標衡量，我的英語和法語可能都比台語好，但台語給我的是一種說不出的親切，那種脫口而出的自在是英法語怎樣都無法比擬的，況且說台語會讓我覺得愉悅。假如母語不是用「說的好不好」來定義，而是用舒不舒服或認同感來定義的話，那我就應該是一個三母語人士——國語、台語和日語都是我的母語。

⊙不執著「對不對」「合不合理」

那麼，到底是什麼原因，造成我對這四個「外語」有如

此不同的感覺呢？年齡或學多久肯定不是關鍵，因為英語是我最早學也學最久的外語，照理說英語應該要給我最舒服自在的感覺，但事實不然。是否曾住在國外應該也不是重點，因為當時我從未住過日本，待在法國的時間反而最長。唯一可已解釋的，就只剩學習的方法。

簡單來說，我學習英語、法語和德語是邏輯式，也就是一種「算數學」的概念，「對不對」或「合不合理」大過於感覺和情緒；**我學日語的方式則完全是感覺式的，因為我沒有特別去「學文法、背單字」，自然無法用邏輯式的方法去分析「對不對」或是「合不合理」，我必須依賴感覺、情緒和氣氛去理解日語，藉此記下句子和詞彙，感覺如果對了，就是對了。**

我學日文的過程，用一般的說法就是「亂學」或是「東學一點、西學一點」。我從來沒有認真學過所謂的「助詞」到底要怎麼用，也沒有熟記動詞「上一段」還是「下一段」的變化方式。當時的我還受限於「學文法、背單字」思維，我常常會覺得自己這樣「亂學」不行，一定要找個機會把日文好好修理一番，像學法文或德文那樣對每個文法和單字都瞭若指掌。幸好我沒有真的去「認真學習」日語，要不然我就錯過了一個重要的語言學習面向。

我們以為何時開始學和學習的環境才是最重要關鍵，可

能很少想到「學的方式」會造成差異，而我對此差異深感興趣，想一探究竟。從此，我學語言有了新的目的，我規定自己每次要用不同的方式去學新的語言，仔細觀察每次學語言的過程，累積經驗，去了解學語言的真相。

6

越南語給我的啟示——
原來我的英語被文字綁架了

　　《*American Accent Training*》（美語腔調訓練）是一套內容豐富且實用的口語聽力訓練教材，是同類教材中的首選。書中有個「倒著聽美語」的練習，錄音員把練習裡的每個句子都倒著念，比如說，「Laughter has no foreign accent」（笑聲沒有口音）就變成了「cent nac foreig no has ter laugh」，學員必須把聽到的聲音記錄下來，再倒著念記錄下來的聲音，找出原本的句子。這是一個非常難的習題。

　　這個看似不可思議的練習到底有什麼意義？爲何教學和研究經驗皆豐富的作者Ann Cook會把這個練習放到書中？

⊙和海明威一樣幸運的我

　　美國文豪海明威在其著作《流動的饗宴》中有這麼一段

記述：「如果你有福能在巴黎度過一段年輕的歲月，那會跟著你一輩子，因為巴黎是流動的饗宴。」[1]我很幸運地跟海明威一樣，在二十歲出頭就能旅居巴黎，那十一個月確實如海明威所言，時時刻刻跟著我，豐富我的人生。

法國巴黎高等理工學院位在巴黎郊區的小山丘上，走路到最近的車站就要花上二十分鐘，還得再搭三十分鐘的「RER」才能抵達巴黎市中心——意思就是，去一趟巴黎來回就要兩小時。儘管如此，熱衷於國際交流和多語學習的我還是每個星期至少進城三次，參觀博物館、聽演講、參加各種聚會和交流活動。

每個星期四晚上，我都會到俗稱小亞洲的巴黎第十三區參加一個「Polyglot」語言交換聚會。聚會從晚上八點開始，我往往七點多就先到附近的義大利廣場車站（Place d'Italie）享受亞洲美食。「法國處處是美食」跟「法國人很浪漫」一樣，是場美麗的誤會，如果不拿出點錢，根本吃不到任何像樣的法式料理，沒有多餘預算的學生只能屈就於沙威瑪或三明治之類的食物，所以我只能在第十三區找到屬於亞洲人的慰藉。我最常光顧的是一家越南河粉店，牛肉量特多的河粉是我每星期最期待的一餐，吃著吃著就對越南越來越感興趣；讀了名作家瑪格麗特‧莒哈絲的小說《情人》之後，更對這個氣候溼熱的國家產生法蘭西殖民主義的幻想，決定有朝一日一定要學會這個法屬印度支那的語言。

在法國時，越南是一個極端矛盾的奇美拉②，一端是浪漫的法蘭西殖民主義幻想，另一端是二十四小時播放的越南情緣，連結兩頭的身體是幾個在法國理工高等學院優秀的越南學生，他們每天中午聚在一起吃飯，勤勉用功，成績名列前茅，讓我留下非常深刻的印象。

回台灣學了越南語、和在各地的越南人建立真實的連結後，我才意外發現了一個更寬廣的世界。越南語可說是影響我最深的語言之一。

⊙原來越南離我好近

大學畢業前，我結交了一位同為多語言愛好者的朋友，經常到她家作客。她家在彰化經營工廠，工廠裡有位名為阿香的越南女工，自從我開始學越南語之後，每次去工廠都會用越南語跟阿香聊天，她總是很開心地跟我分享各種故事，也會用流利的中文協助我理解比較困難的越南語。從她身上，我看到了許多嫁來台灣的越南人的無奈，比如說，她沒有行動自由，出門都得報備；她在家裡無法跟自己的小孩講越南語，一講越南語就會遭到一陣臭罵甚至毒打；她來工廠打工賺的錢必須全數繳回夫家「充公」，一毛都不能當自己

的零用錢。我朋友的家人覺得不忍，每個月都會多給她一點錢，再把較低的薪水金額報給夫家，讓她可以有一些錢去做自己想做的事。

我和我朋友都會說越南語，阿香表示，有人願意用她的母語傾聽她的心聲、分享生活的苦悶，讓她多了一份安全感，也受到很大的鼓舞。當然，夫家也有夫家的話要說——怕逃跑、怕只想拿身分證、怕出去開越南店「做黑的」、怕紅杏出牆……過著這種生活的越南人不在少數，其中的是非對錯也不是幾句話可以評論，錯綜複雜的利益關係更無法輕易解開。但我知道，如果每個人都能學幾句越南話，遇到跟我們住在同一塊土地上的越南人時，跟他們說句「新巧」（xin chào），就能溫暖他們的心，給整個社群注入正面的力量。

同年，我在大學裡認識了一位越南裔的德國人 Anh thu，她讓我了解，越南不是想像中法屬印度支那的一部分，越南是德國的，也是全世界的。且讓我用電影《阿甘正傳》回顧這段歷史：阿甘在越南叢林裡屁股中彈之後回到美國，參加了嬉皮的反越戰運動，美國人急著抽離，台上主持人高喊「Viet-fucking-nam」（去他媽的越南）時，南越西貢政府的相關人士卻急得像熱鍋上的螞蟻，害怕自己馬上成為下一批肅清勞改的對象。南越終究不敵北越軍隊的堅強意

志，在一九七五年四月三十日西貢失守，改名爲胡志明市。一九七五年到一九九〇年間，約有兩百萬越南人因爲政治之故，被迫或主動離開家鄉，乘坐合法或非法的船流亡到世界各地，這些「船民」中只有約八十萬人安全抵達目的地，Anh thu的家人就是其中的幸運兒。

　　我和Anh thu這位「德國美女」一起學習越南語，交流德文、法文和中文，談論越南世界的各種趣事。她雖然在德國出生長大，但還是比較喜歡越南，想在越南做事，爲自己的家鄉服務。後來我們也在胡志明市見了面，她騎著重機載我在街道上穿梭，介紹她父母的家鄉。

　　和Anh thu在胡志明市會面的晚上，我在外國人聚集的范五老街的民宿裡，認識了一位美國的越戰老兵。越戰時期，他在西貢附近擔任郵務兵，雖然不必帶槍上陣，但每天都要開車經過一個布滿地雷的區域，多年來活在精神緊繃的狀態，吃不好、睡不好，回美國之後，這段經驗成了揮之不去的陰影。「越戰結束二十年後，我才鼓起勇氣決定給自己一個機會，回越南走一趟，我很高興我做了這個決定。我的夢魘不但結束了，也找到讓我願意一來再來的好地方。」他說：「**原來治療創傷最好的方法，真的就是再面對他一次！**」

⊙交流中遇見了豐富人情

在美國念研究所時，我在特殊教育中心擔任家教，協助特殊學生的課業。美國對特教的定義很廣，除了一般的學習障礙之外，家庭經濟狀況不佳或是父母都沒有念過大學的學生，都算是特教生。擁有特教資格的學生可以向學校申請免費家教，而我就是他們的老師之一。這些特教生中有非常多越南裔美國人，他們的父母都是船民，沒有受過教育，也不太會說英語。遇到他們時，我總是用越南語跨出那善意的第一步，很快跟他們打成一片，會一起出遊，也會到他們家中作客。

有一次，我到一位越南朋友Kim家過夜。Kim的父母都是很勤奮的越南人，父親在飛機工廠工作，母親勤儉持家，總是把家裡打掃得一塵不染，親手做的河粉更是一絕，我一口氣可以吃好幾碗。Kim的父母都不會英語，每次有客人到家中作客，她總是要擔任翻譯。她的父母可能比較害羞或是覺得麻煩，跟客人的對談時間都不長，短短幾分鐘就結束。一開始，他們以為我的越南語程度只會幾句像是「新巧」等打招呼用語，把我當成一般只會說英語的客人，直到飯後我主動跑去找Kim的媽媽說話，她才驚訝地打開話匣子。媽媽非常開心，說是第一次可以跟孩子的朋友這樣對話，平常她

總是無法跟自己兒子及女兒帶來的朋友互動，感覺自己好像是個局外人。我問她覺得美國和越南哪個好，她不假思索地回答越南，但同時也表示，就算現在回去也未必能過著越南生活，除了和家鄉的人有三十年的落差，下一代也都在美國，回越南搞不好比在美國還孤寂。移民者到了中年，常會有類似Kim媽媽的感嘆，希望我的越南語能略解他們的鄉愁。

經歷了這麼多，我心目中的越南從法蘭西殖民主義的幻想蛻變成豐富的大世界，越南是世界的，也是台灣的，對在台灣出生的我來說也更是如此。**越南語讓我了解許多我未知的人情冷暖和悲歡離合，也更堅定自己幫助弱勢、追求平等正義的信心。**

⊙倒過來！先學聲音再學文字更對味

雖然多數的越南人都能聽懂我的越南語，但一開始他們總是無法馬上聽出我在說越南語。我始終不明白原因，直到有位香港朋友對我說：「我是不懂越南語啦，但我很常聽到越南話，為什麼你講越南話的時候都沒有越南味啊？」我想了想，覺得他說的很有道理，有些人講英語像英語，講日語像日語，講法語像法語，但這個「語言的味道」到底是從哪

來的呢？那時我學越語的方法給了我一個很棒的線索。

學越南語的同時，我正在鑽研一門叫「語音學」的學問。在語音學的課堂上，我學了一套叫作「國際音標」（IPA, international phonetic alphabet）的標音符號。語言學家用這套系統去描述世界上所有語言的聲音，號稱是精準度最高的音標。我當時念這套音標念得有些走火入魔，天真地以為只要熟記這套符號和其對應的聲音，就能把每個語言都說得很標準。於是，我從圖書館借了幾本語言學家用的越南語參考書籍，想用「國際音標」破解越南語，這就是造成我日後說越南語「沒越南味」的原因。

在傳統語言的架構下，我們都習慣先學文字再學聲音，以為聲音是文字的附屬，少了文字的幫助，就沒辦法學會語言，但事實真的如此嗎？

你還記得小時候是怎麼學語言的嗎？我們是先學會講話，還是先學會注音符號呢？應該是先學會講話吧！這代表我們先學會說之後，才學用符號記述我們已經會說的語言。事實上，如果我們從來沒有上學，是無法寫下注音符號或知道國語有哪些發音的，但我們仍然可以說出正確的國語；同樣地，如果你會說台語卻從未學過書寫台語的方法，即使說得很好，也無法寫下來或教導別人台語有哪些聲音。把聲音切成一個一個，再用符號寫下——記述是很了不起的發明，在此我要感謝伏羲，如果沒有伏羲造字，到現在人類可能都

還沒有文字，也不知道語言的聲音可以被切割。

因此，語言的聲音和文字是可以完全獨立的兩個系統，**你可以會講一個語言，但不一定要會一個語言的文字；要學會說一個語言，也可以不必透過文字。**換句話說，就是文盲也可以把語言講得很好，也可以跟世界溝通。

我不定時會到日本奈良的一個法語俱樂部擔任講者，用法語跟會員分享在世界各地學語言的趣聞。某次在聚會中認識了一位在日本居住多年的巴西人，這位巴西人一開口馬上吸引了大家的目光，因為他操著非常道地的關西腔。不要說一般外國人，就算是居住在關西地區多年、來自日本其他地區的日本人，也往往無法說得這麼好。更驚人的是，他居然聽不太懂日語的標準語，對他來說那像是另一種語言。

除了這位巴西人，我還遇過沒去過法國也沒學過法文，卻說著一口道地法語的高雄女生、會講越語但不會讀越文的台商，以及更多會講泰語卻不會讀泰文、每年有半年都住在泰國的西方人。從來沒有學過日語的巴西人可以操著一口道地的關西腔，用最精密的國際音標學習卻講著沒有越南味的越南語，這是什麼道理呢？

在傳統語言學習的架構下，我們似乎習慣用文字和符號來學習未知的聲音。不管是日語的「五十音」、韓語的「四十音」，或是「漢語拼音」「注音符號」「KK 音標」

及「國際音標」，都是用來學一個一個的聲音，把這些聲音拼成字彙，再用文法連成句子。然而，不管是哪一種文字或符號，都無法記錄所有聲音的細節，也無法描述一連串聲音的抑揚頓挫，若是用符號去拼湊聲音，必定會失去許多細節和整體的韻律，這也就是我的越南語有架構卻沒味道的主因。這種先學文字再學聲音的模式，深深地影響了我們，甚至可以用「被文字綁架」來形容，被文字綁架的我們不但學越南話會沒越南味，還會讓我們限制了自己的可能性。沒有文字一樣可以學語言，我們如果先學會說再學文字，甚至可以學得更漂亮。

⊙ 倒著說的祕密

那麼，要怎麼先學聲音再學文字呢？如果你不記得小時候怎麼學會母語，可以想想你是怎麼學一首新的流行歌曲。一開始因為不知道歌曲中有什麼字或聲音，一定是胡亂跟著哼，僅是把旋律含糊地唱出來，哼一段時間之後才有辦法唱出一些段落，最後到了KTV才知道歌詞是什麼意思，說穿了就是模仿而已。學新語言也可以如此簡單，**一開始並不需要去考慮文字、文法或是意思，只要想辦法學別人講話就好**，一段時間之後，新語言的聲音會慢慢烙印在我們腦中，

不靠文字就能脫口而出。**學會聲音之後再學文字，文字就無法影響我們，它僅是一個提示，讓我們去找腦海中早已存在的聲音。**

在台灣，我們受到考試導向的讀寫教育影響太深，一聽到英語馬上會想是「哪個字」或「什麼意思」，聽不懂就變得非常慌張，甚至感到恐懼，再加上「聽不到英語的聲音」，這是讓許多人語言能力一直無法突破的原因之一。這也是《*American Accent Training*》的作者把「倒著說美語」的材料收錄在書中的原因。因為倒著說，只有聲音是美語，沒有意思也不是單字，聽的人就只能專心聽聲音，不會受到拼字和語意的影響，經過一段時間的訓練之後，原本聽到美語時腦中只會浮現單字和文法的學習者，就能自然地去聽美語的聲音了。

注①：海明威這段話的原文為 If you are lucky enough to have lived in Paris as a young man, then wherever you go for the rest of your life, it stays with you, for Paris is a moveable feast.

注②：奇美拉的英文為 chimera，是希臘神話中獅首、羊身、蛇尾的怪獸。

7

語言達人的滑鐵盧

世界上許多國家都有統一標準的語言版本，但各地區仍會有自己固有的方言或腔調。以日語為例，京阪神的「關西腔」是最有名氣也最有特色的一支，因為「關西腔」跟標準日語差異極大，許多人擔心去了大阪就會變得怪腔怪調，學不好標準日語，「我該去大阪學日文嗎？」正是許多計畫赴日朋友的問題。我們該如何面對所謂的「標準」和「不標準」呢？

⊙沒去過阿拉伯國家，不可能學會阿語?!

大學畢業時，我對自己「學語言」的能力非常有自信，認為自己只要三到六個月就能學會一個新語言，不只會讀寫也能實際應用，與人溝通。然而，阿拉伯語卻是一個讓我慘遭滑鐵盧的語言。

那年我在網路上看到一句話：「阿拉伯語教授說，沒有去過阿拉伯國家不可能學會阿語。」我對這句話有些不以為然，心想：「我從未去過法國都可以在台灣把法語學會，阿拉伯語有什麼特別，為什麼不行？」於是我下定決心要好好學一學阿拉伯語，看看到底是怎麼一回事。

我到學校圖書館找了本德國人寫的《現代標準阿拉伯語》，心想又是現代又是標準，學這肯定沒問題，學語言大家不都從「標準」開始嗎？學了半年之後，我決定到中東一探究竟，檢視自己的成效，便從情勢相對安全的約旦進入阿拉伯世界，展開語言冒險。抵達安曼機場後，我馬上遇到一個尷尬的問題：為什麼我認真學的「現代標準阿拉伯語」大家都聽不太懂，難道約旦人活在古代嗎？經過一番查證，我才了解原來阿拉伯語有所謂的「雙層語」（diglossia）現象。

類似阿語這種有「雙層語」現象的語言，「標準」和「日常生活版」根本是兩種不同語言，標準阿拉伯語（fusha，الفصـــحى）對阿拉伯世界的人來說不是母語，是一種上了學才學、跟母語有淵源的外語，並非每個人都非常熟練。

多年後，我到美國念研究所，第一天在新生自我介紹時，一個約旦同學還特別花時間跟大家強調：「標準的阿語

不是我的母語，我的母語是約旦的阿拉伯語。」因此，我的標準阿拉伯語好像使不上力，特別是對小朋友講話時，他們好像完全聽不懂，連最簡單的「是」和「不是」都沒法溝通。

那時，我才體悟到那位阿拉伯語教授話中的真意，如果只是在台灣學「現代標準阿拉伯語」，的確無法和阿拉伯世界的人溝通。真要跟阿拉伯世界的朋友溝通，就要學各地不同的阿拉伯語，例如「約旦阿拉伯語」或是「埃及阿拉伯語」，其中埃及阿拉伯語的效益最大。

據說，埃及的連續劇在阿拉伯世界有比擬韓劇的滲透力，連伊斯蘭文化圈的人都愛，因此，許多看連續劇的人在耳濡目染下，自然也學會了不少埃及阿拉伯語，因此通行的地方也就比其他阿拉伯語多。

在過去，這些被稱作「方言」的阿拉伯語教材難尋，也沒有接觸的方法，不在阿拉伯世界真的很難學會。

現在網路發達，上網就可以免費收看各國的阿語節目，Youtube上也有很多埃及連續劇，不去阿拉伯世界也學會阿語，已經不是不可能的任務。

⊙前往敘利亞展開大冒險

　　二〇一五年的夏天，敘利亞幼童浮屍和難民湧入歐洲各地的新聞在全球沸騰，比起其他令人難過的事件，難民潮更牽動我的敏感神經，因為我曾到過這個國家，拜訪了已經被炸毀的帕米拉（Palmyra）遺跡，和敘利亞人一起建立了許多回憶。

　　當年的敘利亞不算真的動亂之地，但仍不那麼容易抵達，我匆忙地跑完了約旦世界遺產佩特拉行程後，抱著過不了邊境的心理前往敘利亞。抵達邊境時，有幾位英國籍和美國籍的人士被滯留在邊境，看到他們的處境不免更擔心，還好邊境官員沒有刁難我拿的台灣護照，順利讓我用正常價格約四十美元入境。當時，與敘利亞關係不好的國家如英國和美國人就算獲得允許入境，也要支付一百美元的簽證費，只有與敘國比較友好的國家如中國可以用十美元入境，一般交情或是沒有深仇大恨的國家則是四十美元左右。於是，我們這群幸運通關的冒險者抵達了古都大馬士革郊區，因為不知道如何前往市中心，我們求助於路過的敘國美女，罩著頭巾也藏不住美麗的她，點頭直說：「aiwa, aiwa」（對、對），這個字便成為我第一個學會的阿語。

　　比起物資貧乏、什麼都貴的安曼，物價只有安曼的二分

之一的大馬士革，簡直是天堂。大馬士革古城的街道令人流連忘返，但最讓我難忘的，莫過於一位說書老人。

　　在客棧說書一直是阿拉伯世界的重要傳統，根據旅遊書的資料，大馬士革有位年邁的資深說書人，每晚會在城中心的某家客棧定時開講，我知道自己無法聽懂他講的阿拉伯故事，但仍前往客棧朝聖。到達後，客棧內已人滿為患，座無虛席，老人果然如書中介紹，精采生動地說著各種故事，客人們抽著水煙，不時拍手叫好。希望自己有天也能聽懂這些故事。

　　在大馬士革待了幾天之後，我開始往北旅行，沿著那條快被伊斯蘭國（ISIS）占領的高速公路，前往北方的亞勒波（Aleppo，阿語的 حلب，意思是牛奶或白色）。這座城應是當年敘利亞最美麗的城市，居民非常親切，也有許多古跡。

　　在亞勒波那幾天，我迷上敘利亞的現榨果汁，每天都去同一家果汁店找同一個年輕人買果汁，喝了很多果汁也學了很多阿語。

　　當時投宿的背包客棧老闆也讓我印象深刻，我抵達客棧時就發現他正在用多國語言舌戰群客，同時處理來自日本、法國及德國客人的問題。雖然我已用法語表示我來自台灣，但他卻開始跟我講日語，我再次強調我不是日本人，但他還

是一股腦兒地說日語，最後我想說算了，說日語就日語吧。

　　他似乎也是個多語狂人，爲了加強自己的多語能力，堅持一定要跟各國旅客說各種不同語言，我想，這個堅持也許正是他能說各種語言的原因吧。

　　老闆心地很善良，收留了許多因爲美伊戰爭而無家可歸的伊拉克青少年，讓他們在背包客棧有吃有住有工作。我試著跟這些伊拉克青少年說阿語，我聽不太懂他們說什麼，但感覺伊拉克的阿語和敘利亞的阿語非常不同。

⊙中東小城三件難忘的事

　　離開亞勒波之後，我抵達中部的小城霍姆斯（Homs），在這裡遭遇了三件難忘的事，好壞參半。首先，我受到某個敘利亞大家庭的邀請，到公園邊說阿語邊吃大西瓜。那時應該是我人生中阿語的巔峰，各種話題相談甚歡，但他們最感興趣的其實是宗教話題，一直問我台灣的宗教，礙於我的阿語程度，除了佛教之外其實都講不太出來。之後他們全家邀請我去他們家過夜，但行程有些不方便，只好婉拒了。

　　第二件事是不太好的事，也可能會加深大家對阿語世界的刻板印象，但它真實發生在我眼前。你可能聽過，有些伊斯蘭世界的男人覺得非伊斯蘭女性都很隨便，可以輕薄，這

可能是真的。和我同行的女性在行經一座橋時，被笑臉迎人的青少年忽然伸手摸臀，儘管我們用簡單的阿語對他表示不滿，他們卻只回以「沒什麼大不了」的表情。這位女性旅人表示，她在約旦也曾遭襲胸，對方也用同樣的方式冷不防地出手。女性朋友在阿語世界旅行請務必小心，即使身旁有護花使者也仍要再三留意；另外，男女同行時，就算不是夫妻也請記得互稱老公、老婆，沒有結婚的男女相伴同行在那兒是不被允許的。

第三個故事是奇蹟的再會，我拜訪某個位在霍姆斯近郊有名的十字軍城堡時，巧遇當年在法國交換學生時、日本文化社的法國同學。相距遙遠的兩地、多年沒連繫，竟然在一個完全沒有關係、異國的小地方相遇，這機率是何其低啊！

⊙希望你們一切都好，敘利亞的朋友們！

我在敘利亞的最後一站是帕米拉，也就是被ISIS炸毀的遺跡所在。兩千年前，敘利亞是羅馬帝國的一部分，此遺跡保有東西合璧的文化特色，因而成為聯合國的世界遺產。

我時常覺得去土耳其或中東旅行跟去歐洲有相似之處，比如說，土耳其和敘利亞有名的景點都跟希臘或羅馬有關，我想ISIS炸毀帕米拉遺跡可能也因為這個理由吧。

如今，據我所知，以上這些地方的美好皆已蕩然無存，大馬士革的說書人、亞勒波的多語老闆、霍姆斯的熱情家族、帕米拉遺跡和要我騎駱駝的小孩，不論你們目前是在家鄉還是歐洲，希望你們一切都好。

還有，那些襲胸摸臀的青少年，希望你們也好，到歐洲就不能這麼放肆了！

⊙美國人也有聽不懂美語的時候

阿拉伯語有雙層語的現象，一般語言也有標準與不標準的問題，以下是我的經驗。

美國是一個年輕的國家，一般而言，年輕的國家不會發展出太多的方言和腔調，但美國因其特殊的移民社會背景，這個歷史不到兩百五十年的國家仍有南腔北調的情形。有次我和我的美國白人朋友公路旅行時，到達密西西比州的州都傑克遜市（Jackson），傑克遜的人口有百分之八十是黑人，當地黑人都操著非常南方的口音。我們到一家道地的南方BBQ烤肉店用餐，黑人店員用帶有濃厚的南方口音為我們服務，當時我想，有美國朋友在場當然請朋友點餐就行了，自己不用多花腦力，沒想到他居然聽不太懂店員在說什

麼！看這溝通不順的情況，我只好加入「戰局」，看是否能了解店員說的話。

那時，我的確不知道她說的每個字，但我很確定她想問我們要不要加烤肉醬。點完餐後，我跟朋友都覺得不可思議，為什麼以中西部標準美語為母語的人聽不懂南方方言，一個不是以美語為母語的人反而可以聽懂？我們覺得，可能是因為我朋友心中已經有「美語就是應該要怎樣」的既定觀念，所以那口音差異太大的美語就變成了外語。我心中沒有這樣的既定觀念，而是用柔軟的態度去接觸，**把焦點放在溝通而非「美語該怎麼講」**，用開放的心胸去接觸、溝通，反而比美國朋友更能聽懂南方口音。

在接觸不同腔調時，除了保有「接受的柔軟性」之外，也要保持「輸出的一致性」，否則聽的一方會難以理解。在台灣土生土長的人說的英文俗稱「台式英文」，**「台式英文」有英式和美式混著說的現象**，例如字尾的 /r/ 不發音的地方像英式，但 /r/ 前面的母音特徵又是美式，car 這個字就念成了 [ka]，不完全美式也不完全英式，讓人摸不著頭緒。因此，輸出的時候必須一致，**如果要說英式，就應該都用英式，要學美式，就學全套美式！**

8

不懂文法、不愛背單字，
就沒門兒？

　　大學時，我是所謂的雙修生，主修「園藝」與「生命科學」兩個科系，都屬於「三類科系」，也就是「自然科學」。對我來說，每學一個新的語言就像開始一個自然科學實驗，必須詳細控制各種變因，盡量做到定性又定量，找出每一種語言學習策略的優劣和語言的特性。

　　秉持著這種科學精神，當兵那年，我在東引島上進行了一次語言學習的人體試驗。

⊙美國唐人街，普通話不普通

　　許多人常說我很有勇氣，可以不顧後果，說做就做、說走就走，我自己倒是沒想這麼多，也不覺得自己有什麼勇敢之處，但這一切，說不定都跟基因有關。

我母親有一半的兄弟姊妹都住在美國紐約市周邊，每隔幾年我也會跟她到紐約拜訪舅舅、阿姨和其他遠房親戚。他們都因為不同的原因離開家鄉來到美國，因為相同的目標成為家人，如果真的有冒險基因，我肯定是遺傳到其中兩位舅舅的鹼基序列。

第一位舅舅本來在台灣是跑船的，後來覺得在美國賺錢生活比較容易，就趁船靠港的時候游泳進入美國，以非法的身分長期滯留。期間因為跟人發生糾紛，過著跑路的生活，最後靠著特赦才取得合法居留權。

第二位舅舅則是付錢給人蛇集團，請他們把他送到中美洲之後，他再藉由陸路偷渡進入美國。那時中美洲有戰亂，新聞報導了許多偷渡客被擊斃的消息，因此母親和親戚們特別擔心這位小舅舅，想說該不會就是他。幸好小舅舅相當幸運，成功抵達了美國，後來跟擁有美國身分的東南亞華僑結婚，取得合法居留權。

他們雖然長期住在美國，但生活圈不出紐約的唐人街，每次去拜訪他們時總有機會到唐人街走走。我以為在唐人街只要講「國語」或「普通話」就一定沒問題，去了才知道原來在那裡國語不是國家的語言，普通話也不普通。我多次在地鐵上和街上遇到用廣東話或福州話向我問路的華人，但我完全聽不懂，只好用「標準華語」回答聽不懂，沒想到對方

發現我只會講普通話，比我更不好意思，一臉尷尬地離開。

後來我才曉得，原來早期紐約唐人街的通用語是「廣東話」和「福州話」，直到近十年開始，才漸漸有較多人會說普通話。若想在唐人街想找一份銷售的工作，即便今日普通話在唐人街已經通行無阻，但許多店家仍把廣東話與福州話列為徵人條件之一。

在台灣，大家多少都會接觸香港的電影和音樂，大專院校裡也有不少來自東南亞、說粵語的僑生，所以我們對廣東話並不陌生。但若提到福州話，大家可能就皺眉頭了，如果你聽過福州話，一定會覺得這個語言怎麼如此奇怪，一個字都聽不懂。事實上，福州話跟閩南語關係很近，也算是台灣的語言之一，只是在台灣不叫福州話，而叫「馬祖話」。

我因為一張小紙籤，和馬祖話結緣。

⊙當兵時土法煉鋼學俄語

當過兵的人都知道，當兵前要去區公所抽軍種，很多人特別重視這一天，求神拜佛、在手上畫眼睛，各種招式精銳盡出，千方百計想求個好籤，不要抽到海軍陸戰隊這種下下籤。我沒畫眼睛也沒求神，完全沒放在心上，把一切交給了區長，沒想到區長竟然幫我抽到了機率只有百分之十的空

軍。這樣的好運氣，讓我相信自己在新兵新訓結束、下部隊前抽籤時，一定也會抽到「空軍司令部」之類的好地方。我對這件事深信不疑，直到新訓的最後一天。

那時，我已經透過所謂的「小選」，被選進雷達單位，最後一天抽籤只要抽雷達站的地點即可。二十三張籤之中，只有兩張是外島雷達站的籤，我連空軍都可以抽到了，心想一定不會抽到東引，沒想到第二個抽籤的我，竟然就抽到了馬祖的東引島——中華民國實際掌控領土的最北端，稱作國之北疆。

我在東引島的雷達站裡擔任「飛機警告士」，大家聽到「飛機」又聽到「警告」，以為我是在機場拿旗子指示的人員，事實上，我的工作跟實際的飛機並沒有直接關係，而是在雷達塔裡面監測雷達螢幕的小兵。

飛機警告士的夜勤時間很長——雖然在正常情況下，那時空中不會有飛機，不需要做實際觀測的工作。以為這樣就可以睡覺嗎？錯！雷達塔裡有一部監視器盯著雷達螢幕，要是睡覺的模樣被全程錄下來，隔天醒來一定會被長官罵翻，甚至還會被所謂「軍法審判」。沒有工作又不能打瞌睡，到底要怎麼度過漫漫長夜呢？那時我想，既然沒事做，不如來學語言好了，便決定用一種土法煉鋼的方法學習俄語。

當過兵的朋友都知道，軍營內不可以使用電子儀器或科

技產品，電腦、MP3隨身聽、智慧型手機都屬於違禁品，也不能使用任何有錄音或記錄功能的器材。這對想學語言的人來說是一大噩耗！不能用新語言跟人互動就算了，不能聽的話，幾乎無法與「學」畫上等號。即使如此，我還是決定用「學拉丁文的方法」來學俄語，想試看看成效如何。

　　沒有環境、沒有音檔、沒有網路，學語言真的只剩下傳統方法。我每天在雷達塔裡不斷重複「念文法、背單字、看文章」的循環，每天默寫一次俄文的「格變化」，寫了一大包單字卡，看了無數蘇維埃社會主義共和國時代的文章。當時我想，就算這個讀寫的方法再不好，我持續努力六個月，至少會有些成果吧。

　　退伍後，我馬上興致沖沖地到網路上找了一位俄國人跟我說俄語，一開始，簡單的寒暄大多還能應付，開始正式聊天之後，就必須使用我記得的文法規則再配上學過的單字，吃力地一句一句說我想說的話。因為之前沒有音檔可練習聽力，所以我聽不太懂對方說什麼，幾分鐘之後不得不放棄，改說英文。

　　雖然多少有些心理準備，但六個月來不眠不休地在雷達塔學的俄文，居然只能跟俄國人講不到五分鐘的話，實在不得不大嘆「不如歸去」，心想當年在雷達塔裡應該選做別的事情才對。之後沒過幾個月，我很快就把俄文文法和單字忘

個精光，只能勉強看懂，很久之後才透過情境學習，學會了一些簡單的俄語。

⊙文法和單字，是語言學習的假障礙

我們或許可以透過「念文法、背單字」的方法學會閱讀，但**能不能用一種語言去溝通，其實跟我們是否願意嘗試溝通比較有關係**。就文法層面而言，只要情境明確，把主要字彙說出來即可，稍微不標準並不會影響溝通；就單字層面而言，我們需要的單字其實比想像的要少。任何一個語言最常用的一百到兩百個字彙，就已占了語言的百分之五十，也就是說，我們最少只要一百個字就能表達日常生活中各種事情；而最常用的兩千個字占了語言的百分之八十，如果我們學了**兩千個字，就可表達大多我們想要表達的概念**。

我常在日本各地公開或非公開演講、上廣播節目和接受採訪，如果你會日文、也在場的話，你會發現我並沒有使用特別困難的單字或文法，但不論多複雜的概念我都有辦法表達。所以，**學會如何表達才是語言的關鍵，否則學再多文法和單字，仍會說不出我們想說的話**。

我的意思並非不必學單字，如果我想要用接近日本人的用字遣辭去演講，而不只是表達我想傳遞的訊息，當然就

需要學更多不同的用法；想要寫得更精準，我也必須學些文法。但「文法和單字」這個「假障礙」不應該成為我們不學語言或放棄的藉口，只要充分練習表達方式，多接觸、多聽、多講，每個人都能學會自己想學的語言。

9

在日本發現語言學習的聖杯

　　我們都喜歡向成功的人學習，想賺錢就跟有錢人學，想學跆拳道就跟金牌教練學，想學語言就效法語言好的人，很少有人會去跟「失敗」的人學習。

　　學習各國語言的同時，我也在尋找「學語言的祕密」，嘗試解開多年來的各種疑惑。我拜訪了所謂「語言教育成功」的國家如荷蘭和瑞典，卻看不出端倪，多年下來踏破鐵鞋不得梅花撲鼻香。就在山窮水盡之時，我在一個看似緣木求魚的地方找到了答案。

　　這個國家的語言教育常被世界各國揶揄，甚至被稱為語言教育最失敗的國家，也許正是因為太失敗，才能醞釀出這麼深厚的語言思想。

　　我在日本，發現了學語言的聖杯。

⊙語言之神與語言 fob

　　在東引當兵，放假回家都得坐船。從東引到基隆要花上一整天的時間，阿兵哥們隨風浪搖晃，很多人在海上已經七暈八眩，叫苦連天，直到船靠岸、抵達基隆港時，才像得救的難民般打起精神，快步上岸，前往本島的天堂，因此我常戲稱自己是「船民」（boat people）。

　　「boat people」這個字起源於越戰，當時越南人大舉坐船逃難到世界各地，因此被稱「船民」。

　　在美國，船民因為英文無法說得跟美國土生土長的人一樣好，因此出現了「fresh off the boat」的說法，簡稱「fob」，專指出生長大後才到美國的亞洲移民。這群人雖然可以用英文表達自己，上學念書也沒問題，但跟母語人士仍有段差距，文化意識和認同也跟從小在美國長大的人不同。

　　「fob」本來有些種族歧視的味道，但慢慢變成一種亞洲移民自嘲的幽默，例如二〇一五年一齣描述亞洲家庭的美劇《菜鳥新移民》（*Fresh off the Boat*）廣受好評；「fob」裡 b 的意思也從「boat」變成「boeing」，代表亞洲移民越來越有錢，現在都坐波音客機到美國了。

　　在堪薩斯大學念研究所時，不甘寂寞的我和美國多語好友 Susie 一起召集了世界各國的學生，創辦了多語社團「KU

Polyglot」，讓喜歡語言的朋友可以在學校裡練習語言，結交朋友。

有一次，我們討論什麼是「會說一種語言」，我們都認為這個問題非常棘手。到底要會多少才算會呢？有人覺得可以跟人日常溝通就算會，也有人覺得要能討論黑格爾的世界精神和德希達的解構主義才算數。另外，如果向人說「我會說很多語言」好像也不是一個很明確的描述，如果說「精通多國語言」感覺又有點浮誇。有沒有兼具謙虛、逗趣和實力的描述法呢？

我們面面相覷，苦思多時找不到最佳解答。這時Susie突然有點疑惑地看著我說：「你的英文到哪去了？你今天英文怪怪的，你是fob嗎？Right！You are just a fob in every language!」

於是我們找到了「fob」最佳形容詞，準確地描述多語人「精通但不如母語人士精通」的心境，也帶有幽默自嘲的效果，「不論在哪個語言，你都只是個新鮮船民」真是一句進可攻、退可守的名言！

身為一個「fob in every language」，我也確實體驗了各種語言的酸甜苦辣，在某些場合我可能被稱為某某語言之神，但在另一個場合又會被懷疑你到底會不會這個語言，我的語言自信心就像坐雲霄飛車一樣，起起落落。

⊙日本甲子園的打工度假生活

退伍後，我前往日本大阪打工度假半年。在法國留學時有一群日本好友，我們都用日語交談，一整年相處下來，我對日語建立了很強大的信心，認為自己既然可以跟日本人自然地交談，到日本之後應該也不會有太大問題。

然而，當我開始找工作，信心指數就不斷下滑。因為不知該從何處找起，我先撥了通電話給全球知名連鎖速食店詢問打工機會，雖然電話面試一切順利，沒有溝通不良的情況，但還是被發了「謝謝再聯絡」卡。之後，我大概打了五十多通電話找打工機會，有三分之二在電話裡就被拒絕了，剩下三分之一的雇主雖然願意給我面試機會，但面試之後也都沒有下文，只有一間小旅館的老闆跟我詳細說明了理由。

他覺得我日語不錯，但還是想找日語能力接近日本人的外國人；對他來說，「普通流利」跟「不太會」的人並無太大的差別。他建議我再多試試，真的缺人的時候，少部分雇主會願意給外國人機會，那時對他們來說，語言程度就沒有那麼重要。在此給準備去日本打工度假的朋友一個建議，找不到工作不要氣餒，那不一定是我們自己的問題，也跟日文程度不一定有關係，只要繼續找就好，總會碰到願意用外國人的雇主。

國際上的交流和在另外一個國家工作、生活，是很不一樣的事，周圍的人對你也會有不同的期待，如果說留遊學是教你在國外生活，那打工度假就是教你在國外生存。從「日語很不錯」變成「有待加強」的確很不是滋味，但也只能放下過去，調整心態，重新學習。

　　除了找工作之外，我每天都會定時閱讀日本的報紙，參加各種可以跟日本人交流的活動，兩個月後，雖然我不覺得有什麼實質的進步，但很幸運地找到了三個有趣的工作，正式開始了在日本的打工度假生活。

　　其中的兩份工作都跟收銀有關。一是在便利商店——這份工作只要把錢算正確即可，並不複雜；二是在甲子園球場——我必須記下客人點了什麼餐點，非常講究對語言的反應與敏感度。甲子園球場是日本最大的棒球場，每次比賽時的觀賽人潮非常多，販賣飲食的攤位總是大排長龍，收銀員必須同時收錢，同時記下客人點的餐點，之後馬上要接待下一個客人。我當時做得非常辛苦，無法又收錢、又跟上各種客人點菜的節奏，這件事讓主管一個頭兩個大，後來只好盡量安排我去做非收銀的工作。這個經驗讓我體認到，學語言其實有兩難，一個是了解語言背後的文化意涵，例如看懂美國總統選舉的辯論；另一個是在分秒必爭的情況下使用語言，例如在爆滿的麥當勞收銀。或許只有達到這兩個境界，

一個「fob」才有辦法進化成「fobulous」——一個學好道地美語又深諳美國文化的亞洲移民。

在便利商店和甲子園球場工作半年後，我雖然離「fobulous」的境界還有一段距離，但已習慣了收銀工作，不會像一開始一樣手足無措。我不覺得學語言一定要以成為母語人士為目標，但語言學習確實沒有盡頭，應該要持續地力求進步；不必強迫自己一定要達到某個程度，只要可以很舒服地使用一種語言，我們就算是「會」了，也可以算是「精通」，確實掌握了語言；如果因為外在情況改變，我們不再感到輕鬆或是自在的時候，就該努力精進。

回到「會一種語言」這個問題，我想最好的答案就是：**語言是一種習慣，習慣就會了**。請給自己多點信心，只要對一種語言感到舒服自在，我們就已經掌握了語言。

我會說日語，因為日語讓我感覺很舒服。

⊙311大地震，危難中體認到世界一家

大學時，高志綱在亞錦賽對韓國打了再見安打的那一刻，是台灣棒球運動近年來的最高峰，也是抗韓、反韓情緒的最高點。我也跟隨著潮流，加入了「韓國人都作弊」的行列，這種莫名反韓的情緒在日本度假打工時起了變化。

除了甲子園球場和便利商店，當時我最主要的工作是管理背包客棧，要打掃也要接待客人。這間位在大阪難波的背包客棧，與一般人對背包客棧很「國際化」的想像不同，沒有太多來自世界各地的旅人，八成以上都來自韓國，十成的日子也不少。因此，我不得不對抗心理上的不情願，開始學韓語並大量接觸韓國人。

不得不說，仇恨、歧視、迷戀或是崇拜，其實都是我們自己想出來的。我在巴黎時，並不覺得法國人比較浪漫，法國人自己也覺得這個評語匪夷所思；韓國人當然也不是都愛作弊或是都去整形。

在背包客棧工作的那半年，我跟形形色色的韓國人喝酒、逛街、煮飯、划拳，幾個月下來，我發現他們跟我沒有什麼不同，我們都是因緣際會出現在這家旅店的過客，大家都喜歡旅行，也喜歡來日本玩，因此我漸漸放下了反韓情緒。

身在日本卻每天跟韓國人在一起的日子持續沒多久，一場突如其來的事故，改變了這違反熱力學第二定律的韓國人聚集現象。

二○一一年三月十一日下午兩點前後，我在走回背包客棧的路上，地面突然劇烈搖動，持續了很長一段時間。我也來自有地震的國家，所以對這場稍大的地震並不以為意，

但一回到客棧，老闆就很大聲地宣告：「在這邊都搖這麼大、這麼久，某處一定有很大的地震！」我們打開電視，NHK正播放海嘯侵入日本東北沿海地區的畫面，在大阪的我們終於了解了事情的嚴重性。

沒過幾天，福島核電廠的新聞報導出來，一位叫「枝野」的長官每天都會向全世界報告核電廠情形。我們邊看電視，邊接取消預約的電話接到手軟，正想說一整年都不用做生意的時候，來自日本國內的預約電話突然如洪水般湧入，背包客棧的床位很快又滿了。原來，核電廠的新聞出來後，一些住在東京和東北的日本人相繼離開，往西邊避難了。第一組來避難的客人來自關東茨城縣有名的納豆產地水戶，水戶離福島核電廠只有幾百公尺，狀態不明時他們第一時間就離開了家鄉，往西邊逃難。之後，陸陸續續來了各種平常不會出現在旅店的人物，像是英文老師、美國籍的前相撲選手、被爸媽強制要求回家的台灣人等。這時會說各國語言的我，終於可以說韓文之外的語言，舒適感稍微消弭了地震帶給我的陰霾。

其中讓我印象最深刻的，是一群來自筑波大學的學者。這群學者都是來自世界各國的菁英，他們在筑波大學從事各種尖端研究，像是機器人、高能物理和粒子物理。其中一對俄國夫婦是核子物理學家，先生更是在車諾比附近長大，對核災有相當深刻的認識。他每天都會很細心地研究各種數

據，告訴我們各種可能的情況，安撫我們不必驚慌，如果真的整個日本都有危險，他會第一時間告訴我們。

雖然是尖端科學者，但並不是每個人都能馬上冷靜下來，依數據判斷情勢。研究機器人的法國人一刻都不想待在日本，到我們客棧的隔天，馬上就飛往韓國再轉機回法國；德國人在駐日德國大使館宣布要撤離所有人員之後，不管機票多貴也馬上離日。

當時還有很多很混亂的情況，比如說大家搶著買碘鹽和其他不明的「抗放射線產品」；網路上各派人馬奮力筆戰，用鍵盤決定日本的未來。即使如此，大多數的人選擇在我們的旅店住下，等情況明朗後再決定，畢竟誰也不想放棄好不容易找到的工作和穩定的生活。不過，到了四月底，幾乎所有人都決定要暫時離開日本，我們的背包客棧也就開始每天大唱空城計。

人去樓空，我想念起這三個多月來遇到的各國人物，想著我們之間到底有沒有真的不同，人跟人之間到底有沒有跨不過的障礙。因為輻射能危機，**大家共患難的時候目標一致、同心齊力，感受不到任何語言或是文化的障礙。**或許那些文化障礙和語言障礙都是我們閒閒沒事的時候想出來的，歷史仇恨也不是我們的本意，我們該如何跳脫這樣的輪迴呢？我想我們需要靈魂出體再附到別人身上，**轉換我們的觀**

點，用別人的角度來看世界。

當年地震的時候，除了台灣人的我和日本人老闆，還有一位韓國女生，共患難培養出非常堅實的感情，即使期間因為我的幼稚曾大吵一架，事過境遷之後我們仍相當要好，不定期會相約在大阪分享彼此的生活。

二〇一五年剛好是日本終戰七十年、中國抗戰勝利七十周年、台灣光復七十周年，同時也是韓國獨立紀念七十周年，我們三個又齊聚一堂，吃著燒肉互相挖苦，又生氣又好笑，最後老闆用了一句話作結：「我們三個七十年前都是同一國的。」燒肉的煙霧好像突然凝結三秒，但馬上被我們的大笑聲取代，酒足飯飽結束了這場饗宴。

你是否也能轉念，跟我們一起莞爾一笑呢？

⊙人人會說七種語言的大阪河馬家族

選擇大阪當作我日本打工度假的第一站，並非因為有認識的當地朋友，純粹只是覺得，到了大阪之後我必須從零開始建立社交網路，讓自己有長時間使用日語的機會。

我在網路上搜尋大阪的各種聚會和社交資料時，發現了一個名為「河馬家族俱樂部」（Hippo Family Club）的組織，馬上被他們的口號吸引──「人人都會說七種語言」。

當時我簡直不敢相信自己的眼睛，一個公認是世界上學外語學得最差的國家裡，竟然有一個鼓勵大家學多語的組織，而且他們主張要同時學、最好七個語言一起學！

身為語言迷的我怎麼能錯過這個機會！我很快就跟他們搭上線，參加他們在大阪各地的聚會。

他們推廣的是一種叫做「自然語言習得」的概念，**沒有上課、沒有老師、也沒有考試，所有參加者都在一個可以聽到多種語言的環境中，像小朋友一樣去學習各種語言**，這對當時的我來說是非常衝擊的概念，曾經我也以為學語言一定要有文法、有單字；相信大人不能用小孩子的方法學語言，也相信過了青春期就沒辦法真的學好語言。

然而，我在Hippo看到很多衝擊性的事實。我指的並不是他們學語言學多快，或是誰家的小孩會幾種語言，而是他們確實在自然的情況下打破我的既定觀念。比如說，不論大人和小孩真的都可以在沒有文字輔助的情況下，流利說出外語；恐懼英文的家庭主婦變成語言的愛好者，努力接觸各種語言；其中最難以令人忘懷的，莫過於高齡快九十歲，還在努力習得外語的昌治爺爺。

昌治爺爺儘管有些年紀，仍在日本全國「趴趴走」，參加Hippo的語言習得活動。他坐在一張摺疊椅上，用發音清晰的英語給大家說笑話，他知道我是台灣人之後，馬上從英文切換成中文，跟我說：「嗯，你好像英文聽比較懂。」

昌治爺爺告訴我們，他年輕時住在當時屬於日本帝國的滿州，培養了對中華文化非常濃厚的興趣。二戰末期蘇聯大舉揮兵進攻滿州，昌治爺爺不幸成為紅軍的階下囚，被送到西伯利亞的古拉格勞改，一九五〇年才被送回日本。回到日本後，他對中華文化的憧憬一直沒變，四處到中國語教室上課學中文，但都無疾而終。直到七十歲那年參加了Hippo才有所突破，學會了中文也學會了英語，隨後還接觸了泰語和俄語。他告訴大家：「連我這麼一大把年紀都能學會語言，這樣神奇的事一定也會發生在你們身上。」

⊙多語人，讓我看見不一樣的世界觀

　　在大阪的半年間，我參加了無數場Hippo活動，也去了很多Hippo會員家寄宿。許多Hippo成員的家中都會二十四小時播放他們的一套自然語言習得CD，讓全家人隨時都處在一個多語言的環境中，自然習得外語。如果家裡只有一個地方播放CD，一定會有聽不到「多語背景音樂」的死角，所以他們會在家中各個角落播放——廚房一台、廁所一台、客廳一台、盥洗台一台，自行建構日常生活中的多語環境。除此之外，他們時常邀請外國人到家中免費寄宿，讓這個多語環境更自然。多語CD、來家中寄宿的外國人，再加上反

璞歸真的開放心胸，就是Hippo的語言習得方程式。

「像小朋友一樣學語言」是Hippo給我的最大啓發，直接點出了我這些年來學語言的盲點。過去，我太急著想學會語言，不擇手段地去背文法、背單字、考檢定，用力學的英語、法語、德語是越學越僵化，放空去學的日語反而達到最輕鬆自然的境界。

Hippo除了給我語言上的啓發之外，也給了我很不一樣的世界觀。

Hippo的創辦人Sakakibara Yo最初只是想創造一個讓人可以自然而然學習英文的環境，於是他成立了幼教機構LABO，讓小朋友在唱唱跳跳的過程中自然習得英語，得到很大的成效。在經營LABO的過程中，他仍不斷研究語言習得的各種現象，發現同時自然習得多種語言的可能性，於是他提議在LABO中加入了西班牙語，同事們表示贊同；但當他在課程中加入韓語時，就受到了相當大的阻力。一九七〇年代——我媽說那是忠孝東路一帶都還是田的時候——韓國也正在經歷各種政爭，還沒發展起來，因此他的同事們表示：

「那種落後國家的語言幹嘛學。」
「浪費時間，沒用的語言。」

Sakakibara Yo想在LABO中加入韓語，並非天外飛來一筆，也不僅是想要大家學更多語言。他認爲，**要成爲眞正的國際人，不是只有關心歐美或是世界的主要舞台，而是發自內心去接納、去關心每一種人**，他說：「失去了鄰國就失去了全世界。」一個健全的世界觀，必須從認識自己、認識鄰國開始培養。只追求日本人自己創造的歐美幻影，並沒有辦法眞的「脫亞入歐」，最後還是只能淪爲歐美的附庸。可惜，他在LABO的同事沒有同樣的想法，韓語，就是不行。Sakakibara Yo是個個性剛烈的人，跟同事們大吵一架後離開自己創立的LABO，展開Hippo的多國語言事業，透過多語言習得的方法打破語言限制，讓世界上的人可以彼此互相了解。

在Hippo，我放下了對語言的執著，放空自己，用小朋友的方式不受拘束地去接觸語言，人生頓時變的好輕好輕，我的多語言冒險也有了新的展開。

10
在亞馬遜雨林找到
學語言的原點

　　二〇一二年夏天，三十八位來自美國各地優秀的研究生和大學生，前往厄瓜多東部特納（Tena）附近的熱帶雨林，學習「克丘亞語」（Quechua）。這是一個「天時、地利、人和」的語言學習計畫，不但有優秀的學生、一流的老師，還有完美的克丘亞語環境。計畫主持人 Dr. Swanson 在這片雨林出生、長大，和當地居民結婚生子，是學術界裡克丘亞研究的權威。所有學生都住在原住民村落旁，早上進雨林聽原住民用克丘亞語說故事，下午上 Dr. Swanson 的克丘亞語課，二十四小時都處在一個克丘亞語隨手可得的環境中，沒有網路和科技，也沒有工作干擾學習，但兩個月後，沒有一個人學會說克丘亞語。

　　如果「好的老師、好的學生、好的教材和好的環境」就是學語言的勝利方程式，為什麼沒有人學會克丘亞語？

同樣從零開始，一位來自亞洲的學生只上了兩天課，就被Dr. Swanson請出教室，要他用自己的方式學習。接下來，他僅靠和原住民朝夕相處，兩個星期就能用克丘亞語有效溝通，一個月就掌握了這個陌生語言，前往安地斯山脈的聚落當志工、牧羊駝，兩個月後拿著克丘亞語聖經上教堂，三年後跟Dr. Swanson的家人在美國相會時仍說著克丘亞語。

這位亞洲人到底是如何做到的？什麼是學語言的關鍵？學語言的原點又是什麼？

⊙利用暑假學印加帝國的官方語言

大學時喜歡聽某女子天團的一首名為《熱帶雨林》的歌曲，愛情穿梭在沼澤、禿鷹、月色搖晃樹影之間成了我對雨林的想像，多年後才知道她們說的雨林其實是森林。

結束日本打工度假之後，我前往美國中部的堪薩斯大學攻讀語言學碩士。碩一的暑假，我得到一個難得的機會，前往厄瓜多的熱帶雨林研究克丘亞語。克丘亞語過去曾是印加帝國的官方語言，印加帝國遭西班牙人滅亡後，此語言的使用人口銳減，但今日仍是南美洲分布最廣的原住民語言。約有一千多萬的克丘亞語族居住在哥倫比亞、厄瓜多、祕魯、

智利和玻利維亞等地。近年來因南美洲國家的本土主義和民族主義興起，象徵南美洲固有文化的克丘亞語逐漸受到重視，在國際上嶄露頭角。在厄瓜多，克丘亞語為小學的必修科目；美國的教育部將克丘亞語視為關鍵語言，提供聯邦經費推廣克丘亞語的學習與研究；二〇一五年，祕魯的青少女以克丘亞語翻唱麥克‧傑克森的名曲，在網路上廣為流傳。

克丘亞語並不是一個有「標準版本」的語言，換句話說，每個地方的克丘亞語都不同，有些能互通，有些不行，並沒有哪一種「腔」比較標準的概念。以一般讀者較熟悉的日語為例，日語之所以有「方言」和「標準語」，是因為日本在明治時代制定了全國統一的「標準語」，各地稍微不同的「日本語」於是成了「方言」。在沒有標準語的時代，所有的方言都是一種「語言」，克丘亞語目前就處在這個狀態，有興趣的讀者可上 bible.is 網站線上收聽用各種不同克丘亞語錄製的聖經章節。

我在厄瓜多研究的克丘亞語名叫「Napo Kichwa」（Napo 地區所用的克丘亞語），這種克丘亞語的文獻不多，我在出發前並沒有資料可以事先「偷學」或是「打基礎」，抵達亞馬遜叢林時，我處於完全不會克丘亞語的狀態。起先我對於「無法先學」這件事感到有些沮喪，後來轉念一想，才發現這反而是一個千載難逢的好機會！我在日本的 Hippo 學到了反璞歸真的重要性，但一直沒有真的完整體

驗「用小朋友的方式學語言」，此時正好能派上用場；此外，這也是一個探索語言本質的絕佳機會，那時我正在研究幾個學語言的核心問題：

1. 語言一定要先「學」過才會嗎？如果沒有教材、文法書、單字書，甚至連文字都沒有，沒有東西「學」怎麼辦？
2. 如果沒有老師，我們可以學會語言嗎？第一次到 Napo 的傳教士是如何學會克丘亞語？
3. 「背單字、學文法」如果不是學會語言的必要條件，那到底什麼是「學語言」？老師到底在「教」什麼？

⊙歷年來學得最快的學生

　　什麼都不會、沒有參考資料也沒有老師，我只能以小朋友的方式接觸這個語言。一到達營地安頓好之後，我馬上主動接觸在營地工作的當地人，先以西班牙語表達想和他們一起生活、做朋友的意願，得到許可之後就開始跟他們同進同出，聽他們說話也學他們說話。一開始著實處在一個完全聽不懂也無法對應的狀態，但幾個小時之後，發現自己不知不覺地習慣了新語言的聲音；這樣的生活方式持續了三天之後，雖然我不知道文法和單字組成，表達也都是用隻字片

語，必要時還要用手勢和動作輔助，但我已經可以很自然地說簡單的日常用語，也能了解最基本的對談，這樣的成長讓我和當地人都感到非常意外。

　　負責這個暑期研究計畫的營地團長 Dr. Swanson 對我的進步感到驚嘆，他指示我之後不需要去參加每天三小時的「克丘亞語課程」，繼續用我的方式去學即可。我當下欣喜若狂，一來是我不需要去上無趣的「傳統語言課程」，再來是不用受課程限制，整個夏天都可以去進行我的語言實驗。在那之後，**我每天都花約八小時跟當地人相處，即使常常聽不懂他們在說什麼，還是一直待在他們身邊**，日復一日不錯過 Napo 人的柴米油鹽醬醋茶。**一星期之後，我就完全掌握了最基本的對話，一個月後已可獨立到不同部落去探險，用克丘亞語廣結善緣**，成為 Napo 地區小有名氣的人物。

　　此外，為了感受不同地區克丘亞語的差異，我花了一星期的時間到厄瓜多中部的安地斯山區擔任部落志工，幫當地的克丘亞族照顧一百一十七隻羊駝。

　　結束了放羊駝生活之後，我回到 Napo 繼續用自然的方式學了三個星期，不斷挑戰自己的語言舒適圈。我開始上**克丘亞語教堂跟篤信耶穌基督的居民一起讀聖經，參加部落大會了解他們關心的公眾議題**，離開厄瓜多之前，我已完全習慣用克丘亞語生活，能理解並說出完整的句子和概念，Dr. Swanson 說我是這二十幾年來學克丘亞語最快的學生。之

後的三年內，我雖然只用過三次克丘亞語，三年後拜訪Dr. Swanson時，我仍能自然地用克丘亞語和他與他Napo族的妻子溝通。過了這麼久都不會忘，這才是「小朋友的方式」最驚人之處。

⊙為何以「小朋友的方式」學語言最快？

這個「小朋友的方式」有兩個重點，第一是**聽不懂也要聽，靠情境猜測意思**。我們直覺上認為，要懂語言才能知道意思，不懂語言就無法跟人溝通，但語言學習的實境其實是倒過來的，我們是先知道意思才學會語言，因此只要跟人互動的時候不放空，靠情境去猜測意思，猜到意思就能學會語言。比如說，我常待在廚房裡跟Napo人說話，你看到A跟B說了一段話，B就把水拿給A，你就知道剛剛那串話是「請給我水」。第一次遇到一定記不起來，但已在潛意識留下印象，再遇幾次同樣的情境，你就會知道「給我水」怎麼說，這就像我們看韓劇，看到女主角把男主角趕出去的時候說「夠糅」（꺼져），就知道「夠糅」就是滾出去的意思。

第二個重點，是**像小朋友牙牙學語一樣開口亂講話**，有時聽到一些有趣的聲音，即使不知道意思，也可以拿出來亂

講；講話時也不一定講完整句子，比如說「昨天我看到大嘴鳥」（nuka jatun sicuangara rikukani）這句話裡的「大」，不知道怎麼講時，就可以比一個大的手勢。另外，唱歌也是亂講話的一種方式，那時我常常會唱「說謊的大嘴鳥」（Llulla Sicuanga）給部落的原住民聽。

再舉個我在非洲學語言的例子。二〇一四年，我去坦尚尼亞學史瓦希利語時，住在一家背包客棧裡，客棧前有公車站，當地的公車叫dala-dala。車掌發車前都會不斷大喊終點站名，比如說去Morombo的dala-dala，就會大喊「Morombo Morombo Morombo」，住在客棧的人都覺得很吵，我卻覺得這個節奏很有趣。幾天之後，我遇到背包客棧裡的員工就講「Morombo Morombo Morombo」跟他們打招呼，引起非常多的反應，也跟他們有了更多互動。後來我又增加了Kisongo和Moshono等新地名，最後這些地名都變成我們的綽號，我因此成為了Mr. Morombo！

這兩個月的叢林經驗告訴我，**即使是成人也可以在完全不學文字、單字和文法的情況之下學會語言**，我也更清楚地了解到**學語言的本質絕對不是「識字、背單字、學文法」**。我們都是先學會了母語才上小學，而不是先上了小學才學會母語，識字、背單字、學文法是我們已經掌握語言之後的追加任務，如果把追加任務先當成主要任務，學語言的效率就大打折扣了。

⊙亞馬遜雨林的美國夏令營

　　本文一開始，提到有三十八位學生一起前往熱帶雨林，除了我之外的三十七位，依傳統的語言學習法上課、學文法、背單字、寫作業並參加考試，兩個月後沒有任何一個人學會說克丘亞語，回到美國之後也很快就忘得一乾二淨，這又是為什麼呢？

　　每個住過的國家，都有讓我想念的事物，有些不只單純想念，還會想不斷重複體驗，隔一段時間沒做就會渾身不舒服。美國最讓我念念不忘的就是公路旅行，除了喜歡在無盡的大路上開車，享受移動的感覺之外，最有趣的莫過於拜訪各地好友，特別是那些在亞馬遜雨林裡一同生活兩個月的美國朋友。

　　當時我們都住在一個名為「Iyarina」的研究機構裡。Iyarina是克丘亞語的「回憶」，iya- 代表思考的字根，ri- 代表不斷重複；不斷思考與重複，就是回憶。研究機構的校長Dr. Swanson從小在這片土地上長大，留下許多難忘的回憶，因而以此命名。

　　在亞馬遜的每一天都從早上六點開始，來自阿帕拉契州立大學的Grey會在Napo河邊帶大家面向朝陽做瑜伽，我們一邊盡力伸展筋骨、一邊等待每天一定不會準時送上的早餐。不做瑜伽的人會睡到七點，因為七點左右才會有咖啡

喝，真正的「朝食」往往要八點才會送上，所以七點到八點之間是所有學員打屁的快樂時光。早餐最晚會在九點結束，接著開始各種課程。我因為有免戰牌，所以九點之後就會離開Iyarina，去找附近村裡的原住民朋友聊天或拜訪其他村落。如果當天行程離Iyarina不遠，大家會一起吃午餐，飯後繼續進行各自的課程或研究到晚上七點。Iyarina七點有門禁，不回來的話不但沒飯吃，晚上得睡在叢林裡跟各種珍奇異獸做好朋友。

因此，我和這些美國人是名符其實的「朝夕相處」，每天只有早晚會碰面，雖然時間不如跟當地居民相處的多，但兩個月下來也培養了深厚的感情。

這些美國同學可分成兩群，一群是來自美國不同大學的研究生，因為研究需要用到克丘亞語，所以來到雨林取經。他們之中有不少人曾是美國Peace Corps（類似我們的「國際合作發展基金會，簡稱國合會」）的成員，在厄瓜多服務過，對厄瓜多有非常深厚的情感，例如曾在厄瓜多的昆卡（Cuenca）服務過兩年的Elizabeth一下飛機就跟我們說：「回家的感覺真好！」另一群則是大學生，來自匹茲堡大學及阿帕拉契州立大學，其中大部分人主修人類學，想到亞馬遜叢林研究那裡的原住民文化。也有些人表示，因為周圍朋友都跑去歐洲遊學，覺得那有點遜，想做不一樣的事，所以

就參加了這個叢林計畫。

　　研究生有非常明確的目標，學克丘亞語的動機較強，也願意主動學習；大學生當中就有較大的差異，有些人只想求個叢林體驗，我最好的美國朋友Jon就是最好的例子；有些人只對文化有興趣，語言點到為止就行；也有語言學系的學生，積極研究克丘亞語的各種現象。

　　許多人看我進步神速，還拿到Dr. Swanson親授的免上課牌，紛紛跑來問我學語言的訣竅，也有人主動說要跟在我旁邊學習，於是我把「小朋友的方式」教給大家，帶大家一起去和原住民聊天。

　　然而，這個「小朋友的方法」對他們來說好像太難了。他們最無法習慣的是「聽不懂也要聽」，覺得一直在原住民朋友身旁卻聽不太懂，相當尷尬，往往聽了五分鐘就失去興趣，轉頭離開；怕講錯、怕講得不標準的心理，也讓他們遲遲不敢開口。儘管見識過各式各樣的美國人，我發現這些平常不拘小節的美國人也有這樣的想法時，真覺得有些不可思議；害怕的、害羞的、迷信的、放不下身段的、不知道要說什麼的，各種常見的語言心理障礙都出現在他們身上。因為這些心理因素，他們無法自然地與原住民相處，缺乏克丘亞語的刺激，即使有上課也學不會克丘亞語。

　　當然，如果要仔細討論，我們也必須考慮「一群」美國人這個因素。叢林冒險的隔年春天，我和Jon藉公路旅行的

機會去拜訪美國各地的「亞馬遜」朋友，許多人都表示，他們當時光是跟自己人相處就要花很多時間和力氣，實在沒心力再去跟原住民交朋友。每天早上帶大家練瑜伽的Grey就曾跟我說，因為這是一個美國人的團體，身為美國人的他多少都會有一些同儕壓力，不能為所欲為，他很羨慕我可以當一個局外人，做我想做的事，不用特別去證明什麼。

「小朋友的方法」可以練習也值得練習，學會之後就能像小朋友一樣高效率學語言。以前我也覺得自己已經無法透過小朋友的方法學語言，只能用大人的方式學習，後來才改變想法，透過系統性的練習以活化僵化的腦袋，破除既定觀念。我在Part 2將教大家如何「變成小朋友」。

⊙主動和在日本街頭表演的南美人攀談

有些歌我們很熟悉，但從來不知道歌名，或是多年後的某個機會才發現歌的名字。《山鷹之歌》（*El Condor Pasa*）就是這麼一首樂曲，這首原本用克丘亞語歌唱的祕魯民謠，一九七○年被當時的搖滾歌手Simon & Garfunkel翻唱成英文，成為世界名曲，去任何一間KTV都能點播這首老歌。

除了KTV，在許多亞洲城市人潮聚集的地方，都有可能聽到《山鷹之歌》，同時也會見到穿著安地斯山脈傳統服

裝的三人組，他們用排笛等樂器演奏安地斯音樂，在街頭賣藝，販售自己錄製的音樂CD。

有一回，我到東京附近的川崎市拜訪美國留學時最要好的日本朋友，因為朋友睡過頭又沒聽到手機響，讓我在川崎車站徘徊了好幾個小時。不過這幾個小時可一點都不無聊，除了去吃了在台灣很夯的一蘭拉麵之外，還在川崎車站前聽到了熟悉的《山鷹之歌》，看到了安地斯三人組。雖然不是每個來自安地斯的人都會講克丘亞語，但絕對沒有人不知道，於是我決定給他們一個驚喜——我用熟練的Napo Kichwa跟他們問好，但他們似乎沒有什麼反應，還以為我是想跟他們說西班牙語的日本人，用流利的日語問我到底想做什麼。雖然用日語回答也可，但我想多接近他們，所以我用西語告訴他們：「我來自台灣，不是日本人，因為在厄瓜多學過克丘亞語，想問你們會不會說克丘亞語。」

他們三個人面面相覷，顯露出不可思議的表情，好像我在胡謅一樣。於是，我把克丘亞語裡所有最基本的單字和數字，用很慢的速度講給他們聽，他們終於聽懂了我的克丘亞語，也從驚訝變成好奇。

他們三位都來自祕魯，其中兩位是克丘亞族，一位是愛馬拉（Aymara）族。愛馬拉語也是安地斯山脈的語言，使用人口約二十五萬，跟克丘亞語是兄弟語言，類似英語和瑞典語的關係。其中一位克丘亞人不會克丘亞語，會說的那位

一聽到我說的是厄瓜多的「方言」，馬上用有點嘲笑的口氣說「maxi」。「maxi」是厄瓜多特有的克丘亞語，意思是朋友，用法類似英文的「Hey bro!」。他覺得祕魯的克丘亞語才是最正統的，厄瓜多的克丘亞語就像「鄉下人」講話一樣很不清楚，常常讓人聽不太懂。

我很好奇克丘亞人和愛馬拉人之間的關係，於是提到他們的親緣關係，愛馬拉人好像誤會我的意思，以為我說他們講的是同一種語言，很激動地表示：「你不要亂講，這兩個語言根本不一樣。」我馬上解釋，我指的「有關係」是指如同西班牙文和英文的關係，並不是指兩個語言是一樣的，但我很意外他們這麼在意。我想，這跟亞洲人去中南美洲不想都被叫做「chino」（中國人，泛指亞洲人）或「chinito」（小中國仔）是相同的道理。

他們跟家人在日本已經生活了十六年，在這個對「外人」來說非常難融入的日本社會，他們想必吃了不少苦頭，某些角度來看可能比在安地斯山脈上生活還辛苦。雖然我不是他們的「故知」，但在地球的另一端認識知道自己家鄉也會講家鄉話的人，想必是件很開心的事。

我非常確定他們很開心，因為我說最後的那句「Shuc punzhagama!」（改天見）時，他們燦爛的笑容告訴我：「有聽懂！」

⊙會說一口「輪轉」台語的日本阿伯

在台灣開始舉辦多語咖啡之後，吸引了許多「神人級」的多語高手來參加，其中一位來自日本的先生更讓我佩服得五體投地。

他第一次來的時候，我並不知道他是日本人，只看到一位氣質很像會出現在某香火鼎盛寺廟附近的民眾朝我走來，用台語跟我說：「恁遮是有老師喔？」（台語的「你們這裡是有老師喔？」），我用我臭奶呆的台語加國語解釋了我們的遊戲規則，他說想參觀之後再決定要不要參加。在他四處張望的同時，我心想這位仁兄可能是酒喝太多走錯地方。一段時間之後，他突然跑來用流利的日語跟我聊天，問我是誰，為什麼說日語……最後還稱讚我：「你日語講得不錯喔！」此時我越來越覺得奇怪，怎麼他會說日語，又對我的日語品頭論足，到底是哪裡來的，真的是台灣人嗎？「其實我出生在東京足立區。」我這才恍然大悟，原來這位台語流利的阿伯是日本人。

這位高手跟我說，台灣有很多本來不會台語的人看到他會說一口「輪轉」的台語後，立志發奮圖強學台語。我很想分享他的故事，可惜他為人低調，從不讓我們照相，但若請他激勵人學台語，他則是當仁不讓，非常熱心。

其實我也無意間做過這樣的功德，讓人喜歡自己的母語。

⊙在澳洲認識的祕魯女孩

　　現在越來越多人知道沙發衝浪，但沙發衝浪不只是尋找免費住宿的網站，更是去各地結交朋友的最佳管道之一。每個地方都有沙發衝浪集會，只要上他們網站搜尋，就可以找離自己最近的集會，我在墨爾本時，就透過沙發衝浪找到一個叫「Mundo Lingus」的語言文化交流聚會，是世界上少數質與量都兼顧的優質聚會。

　　我在聚會中認識了一位祕魯女孩 Lizi，知道她來自祕魯後，我馬上問的不是有沒有去過馬丘比丘，而是：「妳會說克丘亞語嗎？」

　　「不太會，但我爸爸媽媽會說，我只記得一些字。」她有點尷尬地回答。

　　「沒關係，我們來說說看。」

　　她還來不及表達驚訝，我已經開口說了些日常生活中常見的克丘亞語。雖然厄瓜多和祕魯的克丘亞語不同，但像「漂亮」（sumac）、「好吃」（mishki）或「吃」（mikuna）這些字都是差不多的，因此她馬上聽懂我的意思，很興奮地跟我說，她從來沒想到會在澳洲遇到一個跟家鄉沒關係的人，竟然會說自己爸媽的語言。我也很開心，因

為距離我上次開口說克丘亞語已經隔了一年半。那天晚上我還認識了許多國家的人，土耳其、日本、法國、韓國、比利時、越南，大家都知道我會說他們的家鄉話，但沒有人像Lizi一樣開心，到現在仍保持聯絡的也只有Lizi。

聚會結束幾個星期後，我看到Lizi的臉書名稱突然變成了Lizi Quechua。

⊙克丘亞語難學嗎？

討論某個語言到底難不難，是一個很複雜的問題，觀點不同就有不同的答案。

每個語言雖然結構不同，但都有各自的方式表達各種不同的概念，不會因為結構簡單就無法表達某個概念。也因此，要熟練一個語言的表達方式，需要的時間都差不多，不管是哪個小孩，兩到三歲左右就會開口說話，若每天能密集接觸到新的語言環境，大概三到六個月就能適應。以這個觀點來說，克丘亞語跟其他所有語言一樣，沒有比較難或比較簡單，用這個語言生活一段時間之後就能學會。

就文法上來說，克丘亞語算是一種「膠著語」，結構上跟日語很像，語順是「主詞、受詞、動詞」，也有像日語一樣的格位系統（或稱助詞系統）。音韻上也和日語類似，大

多數的音節都是一個子音加上一個母音，懂日語的人會覺得很多字跟日文很像。

　　如果考慮克丘亞語的字彙，跟一般常見語言就有較大的差異。一般所謂的主要語言，都有非常豐富的抽象字彙，像「自由」「平等」「博愛」之類。過去，生活在 Napo 的人們還未發展出這些抽象概念，所以不會有這些字彙，現在都是直接使用西班牙語的相對應字彙。因此，我們可以說，在目前這個時間點，學克丘亞語不必記太多的單字，一、兩千個就是極限，剩下所有的概念都可以用這些字彙去表達。這點可以很清楚地從克丘亞語版的聖經中看出。一般來說，聖經多少都有文謅謅的傾向，即使是白話也不會太直白，克丘亞語的聖經則是用最直白的方式去敘述聖經的故事。然而，目前厄瓜多政府正在努力推廣厄瓜多語標準化運動，大量用克丘亞語去創造各種新字去描述抽象概念和科技產品，說不定未來我們可以看到一個不說西語，只說克丘亞語的國家。

　　跟世界上所有原住民語言一樣，克丘亞語過去受到了很多迫害，被貼上低俗、不文明的象徵。許多家長怕自己的小孩受到歧視，不願意跟他們說克丘亞語，遇到其他會說克丘亞語的人，也寧願用西班牙語溝通。如果是區域之間的話，大家更不願意用克丘亞語溝通，比如說，Napo 人到了安地斯山區，遇到安地斯山區的克丘亞語族，會用西語溝通而不

是克丘亞語。事實上，厄瓜多亞馬遜的克丘亞語和厄瓜多山區的克丘亞語非常接近，連我一個才剛學叢林克丘亞語不久的人，到山區去牧羊駝時都能多少聽懂山區克丘亞語，以克丘亞語為母語的 Napo 人也一定聽得懂，但往往他們都跟我說：「聽不懂！」這不是因為他們真的沒能力聽懂，而是不想聽懂，心裡覺得山地的克丘亞語是「外語」，就像我小時候不想聽懂客家話一樣，只要不想聽懂，就會真的聽不懂。

隨著南美洲國家興起本土意識，克丘亞語逐漸受到重視，也有更多人願意學克丘亞語，厄瓜多政府和民間組織都在努力復興克丘亞語。厄瓜多政府正在推動語言標準化，發展一套共通的克丘亞語，讓全國說不同克丘亞語的人都能用同一種語言溝通，全國的小學生也都要接受標準克丘亞語教育。推廣克丘亞語的民間組織以基督教團體為主，他們在傳播信仰的同時也教授克丘亞語，其中最有規模、有系統的推廣克丘亞語的宗教組織，非「耶和華見證人」莫屬。

在厄瓜多時，我曾和 Iyarina 的同學到厄瓜多北方的塔瓦昆多（Tabacundo），參加安地斯山脈有名的祭典「太陽節」（Inti Raymi）。當地居民都是克丘亞族人，他們保留了克丘亞文化，但沒有保留克丘亞語，所以已經沒有人會說克丘亞語了，反而是我們這些客人還會說一些他們老祖宗的語言。在祭典的人群中，我發現有兩個人拿著「aprenda quichua」（西語的「你要學克丘亞語」）的巨大招牌，不

斷地向人宣言學克丘亞語的好處，希望大家購買他們的克丘亞語教材。這兩位都是耶和華見證人的傳教士，他們認為克丘亞語是南美洲的希望，學克丘亞語不但有益家庭和諧，建立自信心，還可以增加國與國之間的交流，促進區域和平。

他們教克丘亞語的方式非常特別，認為與其設計一套公用的克丘亞語，不如教大家一些技巧和關鍵知識，去了解各種主要克丘亞語的差異，很快就能和說不同克丘亞語的人溝通。例如，對住在 Napo 的人來說，要直接用克丘亞語跟祕魯庫斯科（Cuzco）說克丘亞語的人溝通非常困難，但如果知道厄瓜多克丘亞語和祕魯克丘亞語的音韻變化規則和常用字的差異，很快就能互相理解。

我個人認為，這是一個非常有遠見的方法，一來可以用簡單教學破除打架的心理障礙，讓所有克丘亞語族知道原來大家的語言是這麼接近；二來這可以解決「標準語」不被家長接受的問題。在 Napo 的時候，上小學的小孩會回家跟爸媽說在學校學的標準克丘亞語，但大部分爸媽總是會說：「我們不這樣講，這不是我們的語言。」我印象最深刻的一次，是跟我感情最好的小女孩在學校學了克丘亞語的「火車」，很開心地告訴媽媽，媽媽卻只是很冷淡地回應「喔」。因此，如果不教標準語，但教分辨差異的方法，家長就不會覺得學校在教奇怪的外語，小朋友也可以學自己真正的母語。

雖然如此，我也不認為應該強迫任何人保留自己的語言，每個人都有權追求自己理想的生活。有些家庭並不覺得克丘亞語很重要，認為把小孩送去首都基多（Quito）學英文才有光明的未來，這些都是他們的選擇，只有他們自己知道什麼是好的，沒有誰有義務要為人類保存任何一個語言。

⊙買下雨林

最後我要來談談Iyarina的大家長Dr. Swanson。

Dr. Swanson的雙親都是傳教士，他跟著爸媽一起到Napo傳教，度過了他的童年。他把生命奉獻給Napo，一直對這片土地念念不忘，也跟當地人結婚、生了四個小孩。他說，他一直不覺得自己是美國人，而是厄瓜多人，更確切地說，他是Napo人，生於斯長於斯，這是他待一輩子的地方。無奈只靠這片土地的力量，他無法獲得足夠的資源支持自己的家人和親友，所以他選擇到美國「打工」，把賺來的錢投資回他的家鄉。他最大的投資就是買雨林，因為石油公司和觀光業者都對Napo虎視眈眈，如果不把成片的雨林買下來，小時候長大的地方隨時有可能消失。我們當時去的許多雨林區，都是Dr. Swanson的私有土地。

Dr. Swanson在最後的宴會上跟我們說，很多人帶著對原

住民過多的期待來到叢林，放大 Napo 人的一舉一動，反而失去真正認識他們、跟他們成為朋友的機會；同樣地，也很多人以為原住民語言有特殊的光環，認為原住民語言的詞彙都有特殊的涵義，不能用一般的方法學，還有人以為要透過特殊的儀式才有辦法和原住民語言感應。有趣的是，這種對原住民語的誤解時常是雙向的，以在美國擁有最多使用人口的 Navajo 語為例，在他任教的亞利桑那州有許多 Navajo 原住民，覺得只有體內流著 Navajo 血液的人才有辦法說 Navajo 語，外族不可能學會這個語言。但事實上，你們也知道，**語言是不管任何人都能學會的。**

Napo 人跟我們沒什麼不同，原住民語言也跟世界上所有語言一樣。或許從一開始我們就不應該用「原住民」這個詞去稱呼這些在 Napo 的朋友，他們就是 Napo 人，跟我是台灣台北人一樣，沒有什麼不同；如果我叫他們原住民，那我也應該稱自己是「世界的天龍國原住民」。對外國人也好，對本國人也好，對外語也好，對原住民語言也好，對本土語言也好，我們都應該**放下自己先入為主的觀念去接觸，反璞歸真之後，不但學語言變得容易，那些好像化解不了的歧見也會跟著消失。**

11

如何利用在國外時間，
讓語言有最大進步？

大學的時候，我常去系所網站上看教授的學經歷。不少教授都是留美博士，在美國待的時間沒有五年也有十年，我覺得他們不但學歷好、語言也厲害，實在讓人欽羨。實際接觸了教授們才知道，實情並非如此，有些教授的英文確實很不錯，但也有不少是只學成了專業歸國，英文就留在美國、還給美國人了。

到底留學或遊學會不會讓我們的語言能力進步呢？要怎麼利用在國外的時間，才能讓學語言的效益最大化？

⊙日本打工度假後，轉換到美國留學

冬天時，日本人喜歡去海邊的「牡蠣小屋」吃炭烤牡蠣，用又大又肥的牡蠣配上啤酒為冬令進補。在廣島這個日

本最大的牡蠣產地，牡蠣小屋還有限時吃到飽的方案，只要你來得及烤、來得及吃，要吃多少就能吃多少，不過奉勸各位，一定要烤熟，否則食物中毒的話，即使是在日本也無法理賠的。

有一年，我和兩位教日語的日本朋友一起去福岡郊外的糸島吃烤牡蠣，其中一位與我是初次見面，好奇地問我在日本住了多久。當他知道我住在日本不到一年，很驚訝地說：「才一年！我聽你講話以為你至少住了五、六年。」

我問他為什麼這麼驚訝，他回答：「日文教久了，外國人看多了，我可以直接從他講話的氣勢和態度知道他在這個文化裡沉浸的時間。這不是單字或文法的問題，而是一種感覺，我跟你講話就知道日本、日本語和日本文化對你而言很舒服，或許不應該說舒服，應該說習慣。」

我仔細一想，其實他說的很對，如果不局限在地理上的日本，我的確前前後後沉浸在日本五、六年以上。這些年，我不管去哪裡居住或留學，總會結交一堆日本朋友，特別是在美國念研究所的那兩年，我過的生活可能比在日本還日本。

選擇研究所時，我本來打算去美國東岸的北卡羅萊納大學讀語言治療，但因為北卡沒有給我獎學金，硬著頭皮去念的話會有巨大的經濟壓力，因此我選擇了願意給我全額獎學金的堪薩斯大學語言學研究所（University of Kansas, 簡稱

KU）。

　　堪薩斯洲位在美國的正中央，是著名小說《綠野仙蹤》的舞台，美國人談到堪薩斯州的時候總會提起龍捲風，但我一次都沒遇過。堪薩斯大學位在堪薩斯州東北部一個名叫勞倫斯的小鎮，在地華人稱之為「勞村」，校園吉祥物Jayhawk藉他們強大的籃球校隊聞名全美。勞倫斯的居民戲稱，城市的市中心其實是學校的籃球場，所有活動都以籃球場為中心。

　　到KU的前一個星期，我還在日本的甲子園球場打工，服務來看一年一度甲子園大賽的觀眾。上一幕是敗戰投手在投手丘上落下男兒淚，下一幕就變成了美國中西部空無一物的大草原，背景音樂也從日語變成英語，配上時差讓我感覺非常不真實。走在KU的校園中，想到在這個遼闊的中西部，我將過著不再與日本有連結的生活，應該要趁記憶猶新的時候好好回味一下日本，就在回憶正濃時，我聽到熟悉到不行的大阪腔日語。

　　稍微接觸過日語的朋友都知道日語有許多方言，其中又以「關西腔」或「大阪腔」最有特色。雖然日本每個地方多少有自己的方言，但大多數方言的抑揚頓挫跟標準日語大致相同，因此聽覺上不會有太大差異，但「關西腔」的抑揚頓挫跟標準日語剛好完全相反，所以聽起來有很大的不同，熟悉關西腔的人只要聽到一句話，就可以馬上辨認出來。

我馬上循著大阪腔聲源轉向，看到兩個臉上寫著「我是日本人」的女學生，用英文問她們是不是從大阪來。她們很驚訝地問我怎麼知道，我說因為我剛從大阪來，在那裡住了半年，所以知道她們講的是大阪腔日語。其實我比她們還驚訝，在美國中西部這個牛比人多的地方，怎麼會有大阪人呢？請教她們之後才知道，堪薩斯大學雖然沒有多少日本學生，但因為跟大阪的關西大學是姊妹校，每年都有三十到四十位來自關西大學的交換學生到勞村留學。透過這兩位留學生引介，我認識了其他三十幾位日本學生，一起參加KU的日本文化交流社，也認識了日文系的教授和助教，結交到一群非常要好的日本朋友，一起度過兩年精采的留學生活。

⊙在美國，我用日語過研究生生活

　　在電影裡，美國大學生都過著非常充實的生活，穿梭在課業、社團、運動和各種派對之間，精采的每一天令人嚮往；同樣在校園裡生活的研究生則是大相逕庭，如果說大學生是夜夜笙歌，研究生只能用獨守空閨來形容。

　　研究生沒有太多的上課時間，一般只修三堂課，九學分，與人互動的機會非常少，在學校遇到新朋友的機會也極低。雖然上課時間不多，但做研究和讀論文的壓力非常大，

沒有多餘的時間去發展社交圈，進行輕鬆的社交活動──大家都非常忙，能回家好好煮一頓飯就謝天謝地了。在美國，大學生和研究生處在非常不同的人生階段，美國的研究生大多很確定自己的人生方向，經過探索之後才進入研究所攻讀學位；大學生則處在探索和學習知識的階段，而研究生就算有時間去參與大學生的社交生活，也難以融入、產生共鳴。因此，大多數的研究生都離群索居，終日為論文和研究奔波，加上KU位在人煙稀少的美國中西部，沒有太多的娛樂選擇，生活更顯苦悶。

當初到美國時我也過著類似上述的生活，直到透過日語這個媒介進入了日本人的生活圈之後，才有所改變。

前面提過，在KU的日本人社群由主要來自關西地區的日本交換留學生組成，這些大學生有非常多的閒暇舉辦各種活動，平常也積極探索學校附近的區域和城市，加入他們之後，我認識了許多新朋友，結交了玩伴，也建立了歸屬。我們會定期聚餐，舉辦各種派對，去看體育比賽，簡而言之，就是用日語在美國過生活。

我在美國典型的一天從早上六點開始，不論颱風或下雨，我都會到學校的健身中心報到，運動到八點才回家吃早餐，早餐後則是三個小時的晨讀，十一點才去學校上課。上完兩小時的課之後會到日文系辦報到，跟擔任日文助教的日

本朋友談天說地，閒聊日常生活中的大小事，直到傍晚才回家。晚上若有空閒，我會和日本朋友一起吃飯或去參加交換學生們的活動。因為我每天都跟日本人在一起，自然地說著日語，久而久之這個圈子的美國朋友都以為我是日本人，遇到我會不自覺地跟我說日語，略帶著語言學習者面對母語人士的緊張和不安。

因此，比起在日本度假打工，我覺得我在美國的生活可能比在日本更日本。在日本，很多時候我是為了工作和生活而使用日語，是一種工具，也有不得不的急迫性；但在美國的時候，日語並沒有這種工具性的用途，而是一種身心靈合一的載體，讓我去抒發各種真實情感。各位可以揣摩一下我們平常用中文發怒時的感覺，我們說的話可能在字面上沒有邏輯，甚至根本沒有意義或是鬼打牆，但我們發怒的對象仍可以理解我們在說什麼。整整兩年的時間，我都用日語去做這樣的情緒抒發，這就是我覺得自己在美國過得比在日本還日本的原因。

比起寫論文、演講、考試、買賣東西這些實用性的語言需求，我認為情感性的語言需求更可以激發出語言的力量，「喜怒哀樂」四個情緒中，又以哀的力量最大。我們什麼時候最想找人講話，沒有講話對象時就苦不堪言？我認為是「失去」的時候，例如失戀時，就會非常想找人講話、訴苦。

我在美國時曾和一位日本留學生有一段緣分，緣分結束的時候，我馬上買了瓶紅酒，送出臉書訊息，跑去當時最好的日本朋友家，一屁股坐下，酒瓶打開，然後就是連續一小時日語的語無倫次。當時心中有無限的悔恨、不甘、自我懷疑、怨懟，有限的日語並無法鎖住這些無盡的感情力量，我的日語就這樣不斷宣洩而出；講了一個小時之後，回家又傳訊息給其他幾個好友，長篇大論地傾訴。我不知道我在說什麼，但每個人好像都可以理解。接下來的幾天，我每天都會固定拜訪日文系辦的另一個好友，固定時間撥放自己的心情故事，一下是如何後悔不甘，一下是接下來要如何做個更好的人，一下是未來願景，一下又是過去創傷。我至今仍非常感謝這位好友，因為這樣的情況持續了幾個星期，他竟還願意跟我到德州公路旅行，我在四天三夜的旅行中沒有停止這個話題，他也沒有跳車逃逸。

　　幾個星期過去，我比較清醒之後，有次我語重心長地跟他道謝，感謝他聽了這麼久的無病呻吟，感謝他聽一個外國人用日語語無倫次。

　　我說：「如果我的日語讓你傷耳朵，甚至讓你傷心，我向你道歉。」他給了我一個很有趣的回答：「如果別人問我某某人的日文怎麼樣，我會跟他說好或是可以再好一點，我總不能說不好吧；如果有人問我 Terry 的日文怎麼樣，我會說他的日文已經超越好或不好的境界了。」

⊙遊學、留學時該如何學好語言？

　　我的這些日本留學生朋友，最常跟我抱怨的就是他們英文進步緩慢；因為沒有美國朋友，他們總是只能跟其他國際學生說英文，或是只能跟對日本有興趣、日文很好的美國人說日文。我那時給他們的建議是：「不要再去上AEC（Applied English Center，大學附設語言中心），要去小學裡跟小學生一起上課。」

　　許多人認為，如果要出國學語言，年紀越小越好——國小比國中好，國中比高中好，高中又比大學好，大學更是完勝研究所。為什麼呢？先從研究所談起，以我在美國當研究生的經驗，大多數人都忙於研究與課業，根本沒有時間和機會真的用英語生活，最多就是上台報告論文，教教課，和老師及同學討論；因為沒有時間，當然就無法拓展社交圈、跟美國人交流，因此，大多數研究生的語言能力進步都有限。大學生的情況比研究生好很多，可以透過上各式各樣的課程接觸不同領域的英文，也有很多分組報告的機會能和美國人討論，更有時間去參加派對，當然前提是必須主動經營社交圈。相較起來，高中以下才真正有學語言的好環境，因為大學生們的上課時間不同，下課就鳥獸散，而高中生整天都要集體上課，有很多和人相處的機會，自然有較多時間接觸英語。

因此，這些日本朋友不是沒有在大學上課，而是缺少一個環境讓他們可以時時跟美國人相處。當然，叫他們去小學上課是有點誇張，去高中的話就很適合了。畢竟他們來美國是想提升英文能力，去高中裡跟美國高中生一起上課，才最能夠符合他們的需求，每天不用花心思就能接觸到美國人。

所以，談到海外留遊學和語言學習的關係，「年紀」並不是真正的問題，「學校」或「英語課程」也不是重點，「有沒有環境」才是關鍵。「主動建立環境」是放諸四海皆準的語言學習守則，**不論是大學還是語言學校，提供的都不是語言的環境，必須靠自己建立，否則到了國外仍不會得到我們想要的環境**。在美國，除了跑派對和聚會之外，我還有上教堂學語言的習慣。我雖然不是基督徒，但不排斥參與教會活動，所以我很常去墨西哥人的教會講西語，去韓國人的教會聽韓語，去一般美國人的教會講英文。可以接受的朋友不妨試試這樣的方式，一定會收穫良多！

12

學外語，讓我更能聽見非主流的聲音

　　在美國念研究所時，我開始學習土耳其語，也做了一年的土耳其研究，兩年下來算是勉強進了土耳其學這個遙遠的窄門。即使在美國這個任何事物都能成為興趣，任何興趣都能成為工作的地方，我仍然常常被問：「Why Turkish？」

　　答案源於我對了解世界的深層渴望，**我想和那群平常跟我沒有任何關係的人建立關係，想知道他們在想什麼，也想知道他們怎麼看待這個世界**。決定學土耳其語，就是因為完全不了解，而這兩年的土耳其經驗，讓我學會傾聽非主流的聲音，對「世界觀」這個模糊的概念有了清楚的認識。

⊙生死交關的土耳其經驗

　　我算是個幸運的國際流浪漢，在世界各地行走時鮮少遇

到劫難，但仍有兩次生死交關的經驗，一次是天災，另一次是人禍。

在厄瓜多首都基多時，我和幾位美國朋友搭乘登山纜車到郊區的高山頂欣賞風景。上山前，登山纜車的售票處沒有告知山頂有火災，我們到半路上才發現山頂因為連日乾燥而著火，許多消防隊員正試著控制火勢。我們本以為火勢會被控制住，但煙霧不斷地往山頂的纜車站吹來，火勢也開始蔓延，當我們驚覺事態不妙的時候，山頂的纜車站已被煙霧圍住。我當機立斷要立刻下山，為了不被濃煙嗆到，我們匍匐前進地進入纜車站，搭最後一班下山的纜車，下山之後，纜車停駛，山頂上仍有很多遊客受困。當然，決定下山是個很危險的舉動，如果因為火災，導致纜車停在半空中的話，該如何是好？不下山也不行，如果纜車站被火燒掉的話，又該如何下山？

第二次讓我覺得生命受到威脅的經驗，是在土耳其。二〇一三年，我完成美國研究所學業後，前往伊斯坦堡修習土耳其文，當時土耳其的政局動盪，每天都有許多反對執政黨的團體上街遊行示威，多次演變成警民暴力衝突，政府手段也越來越強硬，除了水柱之外還動用催淚瓦斯。我雖然沒有打算參與遊行活動，但某次因為搭錯車，身陷警民衝突的中心位置，當時警察正準備使用催淚瓦斯，我不知如何逃出現場，只好躲到酒吧裡避難，一進到酒吧，酒吧的老闆馬上下

令緊閉所有窗門，防止催淚瓦斯流進來。最後我和幾個陌生人趁警民衝突的空檔離開酒吧，路上仍能聞到刺鼻的催淚瓦斯，眼睛也非常不舒服，我很害怕被警察當成「暴民」，於是加速快跑、離開衝突的中心——塔克辛廣場。

⊙找機會接觸不一樣的聲音

土耳其的人口有百分之九十九都信奉伊斯蘭教，雖然如此，土耳其國父凱末爾（Mustafa Kemal Atatürk）認為一個強大的現代國家，其政治跟宗教不能混為一談，因此在創立憲法時，特別訂下了「政教分離」的規章，這變成一個土耳其政治不可違逆的傳統。二〇一三年時，執政黨首相艾爾多安（Recep Tayyip Erdoğan）和其所屬的伊斯蘭教政黨卻不斷挑戰這個「政教分離」的傳統，用盡辦法修改法律讓土耳其伊斯蘭化。除此之外，艾爾多安許多近似獨裁的行為也引起人民的不滿，當他不顧眾人反對，要拆除伊斯坦堡塔克辛廣場的公園時，引爆了激烈衝突，進而轉變為全國性的示威行動。我抵達土耳其時剛好就是衝突最嚴重的時候，伊斯坦堡的大街小巷都可以看到示威的隊伍和反政府活動。

那時我在伊斯坦堡的Bogazici大學研讀土耳其文，學校裡許多土耳其學生談到艾爾多安都非常氣憤，教授們在上課

時也會一直數落政府的不是，好像來這間學校上課的人，都必須要知道「艾爾多安政府」很不好。他們認為，艾爾多安政府只管經濟，不管環境，執意蓋第三座連結博斯普魯斯海峽的大橋；違反政教分離的憲法條例，不重視人權，不聽民眾的聲音，獨裁且蠻幹⋯⋯這樣的政府，應該要被推翻！這些學生和教授每晚九點都會響應當時「敲鑼打鼓」活動，時間一到，全部人都把家裡的鍋碗瓢盆拿來敲打，當作示威遊行的號角，也是無法參與遊行的人鼓勵遊行者的儀式。Bogazici大學是間很國際化的大學，因為英文授課的關係，很容易招來世界各國的學生，大部分國際學生也都認為政府太「鴨霸」，必須換人做做看，只有「沒有受教育的人」才會支持政府；當時歐美主流媒體的相關報導，也都支持這樣的觀點。

　　既然在土耳其，我想把握機會多說土耳其文，所以每天一下課就會去找學校的警衛聊天。這些警衛給了我很多不一樣的觀點，他們覺得這個全民是伊斯蘭教的國家，本來就該有一些跟伊斯蘭教有關的法令，禁酒令並沒有什麼不對；艾爾多安做了些不好的事，但至少他的經濟措施讓更多人有飯吃，小孩有學校上。他們認為，土耳其大多數人其實是支持艾爾多安的，支持反政府運動的人反而是少數，而我處在一個剛好都是反政府運動人士聚集的地方，可能因此而覺得大家都想推翻政府，但其實不然。

⊙如何讓自己更有國際觀？

上了大學之後，常常聽到「國際觀」這個詞，也有像「國際視野」這類的相近詞彙，但越聽越模糊，感覺好像常出國、多看國際新聞就是有國際觀。

於是，我在大一的時候訂了美國的《時代》（*TIME*）雜誌，當作學英文和認識世界的管道。當時的我沒有什麼國際經驗，《時代》雜誌的內容讓我感到新奇，有許多在台灣長大的我沒接觸過的觀點。讀了一陣子之後，我覺得自己變得很有知識，能用雜誌觀點重新看待這個世界，好像已經國際化了。後來，有人提出了國際觀不等於美國觀的說法，會英文不等於國際化。剛好那時我在學習法語，我想，既然只看《時代》雜誌不夠國際化，那我也來看法國的時事評論雜誌，如此一來應該比較全面了。看法國的雜誌，跟一開始看時代雜誌的感覺一樣，覺得一切很新潮，觀點很特別，自己好像又變得更有知識。學更多語言之後，我看了更多國家的時事評論雜誌，例如法國的《世界報》（*Le Monde*）、《新觀察者》（*Le Nouvel Observatuer*）或是德國的《時代週報》（*Die Zeit*）等，累積更多知識和各國觀點，但我卻越來越困惑，越來越不懂什麼是國際化與國際觀。

我覺得，我越讀反而越受限於這些觀點和知識，好像只要不是這些主流外國媒體的想法，就是沒有眼界或不夠深

入。難道其他觀點都不值得一談嗎？就像在土耳其時，主流外媒的意見似乎較受重視，非主流的意見就被批評成退步或是封建，真的是這樣嗎？

因為多語言的關係，我和許多人建立深厚的情誼，常有機會去聽到非主流的聲音。他們真實的聲音可能很粗糙，沒有漂亮的形象，但這是他們真實的感覺，藉由這感覺，我可以用一種靈魂出竅的方式去感受他們的感受，用他們的觀點看待這個世界，去理解為什麼他們會同意政府暴力鎮壓學生。

經過這些年的探索，我認為國際觀或國際化不完全是吸收某種知識或是學會某個語言，當然，某種程度的知識和語言能力是必須的，但並非有越多知識或越多語言就一定比較國際化或有國際觀。保持開放的心胸和好奇心，能夠轉換觀點和不同人群一起感同身受，可能才是在國際間闖盪時最重要的觀念。

⊙土耳其語的來龍去脈？

　　土耳其人的祖先是突厥人，曾經在中國北方活動，被唐朝打敗之後慢慢往西移動，到達安納托利亞高原並建立了鄂圖曼土耳其，輝煌一時，但在第一次世界大戰時被打成亞洲病夫。戰敗後，土耳其面臨四分五裂的命運，差點要亡國之時，土耳其的國父凱末爾凝聚了全國人民力量，擊退各國勢力，建立了土耳其共和國。凱末爾一項偉大的功績，就是創造現代土耳其文，將文字羅馬字母化，把土耳其文從阿拉伯文和波斯語的束縛中解放，讓全民都能接受教育。現在的土耳其文，就是凱末爾創造的土耳其文。

　　土耳其文不只可以在土耳其使用，在中國新疆或是中亞的「斯坦」國家也都通行。這些國家說的雖然不是土耳其語，但都是和土耳其語相近的突厥語，只要語速不要太快，溝通都不成問題。

　　學會用一個語言溝通或是學會基本的單字、文法，其實不必花太多時間，短則半年長則一年，密集學習的話甚至兩個月就可以辦到。然而，要真的精通一種語言，達到受過高等教育母語人士的程度，就要花非常多時間，其中最大的工程就是學習語彙。學一個新語言，我們其實只要知道一百到兩百個字彙，就可以表達大部分的概念；大概一千到兩千字，就可以和人流利對談，表達任何我們想傳達的意思，剩

下的只是熟練不熟練、有沒有實戰的問題。然而，如果要能讀懂報章雜誌和一般書籍，至少要五千個字，最好一萬字以上才會比較輕鬆；如果要閱讀文學作品和更艱難的書籍，就需要一萬五千字以上了。

學過日文的人都知道，因為漢字的關係，即使在完全沒接觸過日語的情況下，還是能大概猜出一篇報導的內容大意；英文程度好的人學法文一定也有相同的感覺，即使沒學過也可以大概猜得到某篇法文新聞報導的主旨。這是因為中文和日文、法文和英文，分別都有百分之六十到七十的同根字（cognate）。這些同根字語源相同、意思接近，就算意思有差別，也只要轉換一個邏輯就不難記憶。比如說「深刻」在日文是很嚴重的意思，中文則是指感覺的強度，例如印象深刻；法文的「看」是「regard」，在英文則是「認為」或「觀點」之意。特別是政治、經濟和科學的相關字彙，在這些語言間都是一樣的，只要精通其中一個語言就不用再學一次。

土耳其文裡有許多阿語和波斯語字彙，如果會這兩個語言的其中一個，學習土語字彙就能輕鬆許多。例如，土耳其文有一個很長的字叫「muhafazakar」（保守主義者），不好記憶，若擁有一些阿拉伯語的知識，就會比較容易。hfz 是阿拉伯語代表「記得」和「記憶」的字根，在 muhafakazar 裡可以找到 h、f 和 z，也有 mu 這個阿拉伯語動

詞變化的字首，而「保守」也跟「記得」有意思上的相關，如此一來就好記多了。由於我沒有精通任何跟土耳其文相關的語言，土語字彙跟我會的語言沒有任何關連，學起來非常耗時，不像學日文和法文的時候很快就可以看懂報章雜誌，感覺特別困難。

　　因此，我認爲最難學的語言就是跟我們文化距離最遠的語言，很多概念必須從頭建立，字彙也必須一個一個學。對台灣人來說，最陌生的莫過於伊斯蘭文化圈和印度教文化圈，要精通這兩個地區的語言，會比其他語言多兩倍以上的時間。

13
語言不通，
旅行更好玩

　　說到旅行，不諳英文的朋友可能會問：「我英文不好，能不能出國旅行？」

　　答案是肯定的，語言不會限制你的旅行。

　　會英文的朋友也會問：「那個國家說英文不通怎麼辦？」

　　就像不會英文也能出國旅行一樣，到一個英文不通的國家，也完全沒問題。

　　溝通跟語言是兩件不同的事，只要你願意溝通，語言無法限制你。

　　我時常去語言不通的國家旅行，一開始覺得不自在，現在卻覺得語言不通的旅行更好玩！

⊙即使雞同鴨講，旅行仍舊充滿樂趣

　　阿姆哈利語（Amharic）是衣索比亞的國語，擁有數千年的文學傳統和獨創的文字。有一年我趁著轉機，拜訪了衣索匹亞首都阿迪斯阿達巴（Addis Adaba），短暫地體驗了這個神祕的語言。當時我從市中心坐公車前往機場，身旁的衣索比亞年輕人對著我微笑，我試著用英語問好，但他完全不會英語；他用阿姆哈利語說了一串話，沒接觸過阿姆哈利語的我完全聽不懂。接下來我說我的、他說他的，完全無法溝通，但兩個人都玩得很開心。大約二十分鐘之後，我發現他不斷地在說類似的話，隨著市內的景色變化，我突然有個靈感——他在問我Addis Adaba美不美。他又再說同一段話的時候，我發現句子裡有類似Addis Adaba的發音，除此之外還有一個像konjo的聲音，於是我回答他「konjo, Addis Adaba konjo*」，年輕人露出微笑，非常開心！

　　自從學會用「小朋友的方式」學語言之後，我也改變了一些旅遊習慣，以前喜歡在旅遊前先學一點目的地的語言，現在都是帶著一本旅遊會話書就出發了。對我來說，除了觀光和美食之外，最好玩的就是這從零開始、跟當地人互動，然後學會語言的過程。

⊙如何把對語言的「恐懼」變「有趣」？

坦米爾語（Tamil）是印度南方主要的語言之一，與印度北方通行的印地語（Hindi）有不同的起源。印地語和其老祖宗梵文（Sanskrit），與歐洲的語言都有共同的起源，屬於印歐語系，由來自中亞的印歐民族侵入印度時傳入；坦米爾語則是真正源自於印度次大陸的語言，屬於達羅毗茶（Dravidian）語系，歷史悠久，是印度南方最具代表性的語言。在美國讀研究所時，因為我的碩士論文題目與日語有非常密切的關係，閱讀了各種日語語言學的文獻，在這些文獻當中，我發現了一個名為「日語起源於印度」的假說。這個假說的作者主張，因為坦米爾語與日語的韻律結構幾乎百分之百相似，這兩者肯定有某種起源上的關係。對於日語是否起源於印度，我並不特別感興趣，倒是想知道日語是否跟坦米爾真的在節奏上有相似之處。

我在坦米爾納度（Tamil Nadu）待了一個星期，先在過去曾是法屬殖民地的龐迪榭里度假，之後前往最大城清奈觀光。在龐迪榭里時，因為走的是度假行程，與當地人沒有太多互動；後來到了清奈，才有較多和當地人互動的機會。抵達清奈旅館後，我發現旅館的樓下有一間語言習得的「理想銀行」。怎麼說理想呢？這間銀行的門口有個保全，根據我在世界各國跟人聊天的經驗，只要沒有電視或手機，**保全是**

全世界最願意跟人聊天的人種。

　　這位叫Sundar的保全沒有電視也沒有手機，我馬上過去跟他用英文寒暄；他英語不太流利，好像也沒有搞懂我到底要做什麼，但我不管他懂不懂，就在他身旁席地坐下。接著，我只要看到經過銀行的人，就跟他們說「哇哪康」（坦米爾語的問好），Sundar漸漸了解我不是壞人，也明白我要學坦米爾語的意志，便搖頭表示沒問題（在印度，搖頭是ok的意思）。就這樣，整個下午我就跟他有一句沒一句地聊天，用英語夾雜手勢和坦米爾語，聽他跟來銀行領錢、辦事的人說話。雖然沒有學到什麼具體的東西，但我已習慣聽人們說坦米爾語。

　　第二天，我睡到中午才起床，下樓時Sundar對我說了一句坦米爾語，我不知道那句話的意思，但那時的情境與感覺告訴我，他一定是在問我「吃飯了沒？」我不知道怎麼回答，只好點頭，忘了在印度點頭是不管用的，他以為我沒聽懂，用英文再解釋了一次，果然這句話真的是問我「吃過飯了沒？」我不知道動詞在哪，也不知道名詞在哪，但我知道我聽到的那一串聲音，就是在問人是否吃過飯了。在那之後，我就對所有來銀行的人說「吃飯了沒」，每個人的回答都不同，漸漸地，我學會了怎麼說「吃過了」，也學會說「還沒」。

　　大家看到有個東亞人坐在銀行門口說著怪腔怪調的坦米

爾語，紛紛跑來問 Sundar 各種關於我的問題，於是，我又利用這些機會去學怎麼說「你叫什麼名字？」和「你從哪裡來？」，認識了銀行附近各行各業的人。

人們常說，話匣子一打開就停不下來。Sundar 漸漸了解我在做什麼，所以他不再使用英文，也不管我懂不懂，說話時只說坦米爾語；我也不在意我到底懂不懂，反正聽久了自然而然會學到一些東西。第三天，我擴大了活動範圍，到銀行對面的小商店買香蕉，過程中我學會了怎麼買香蕉跟問價錢，並開始對來銀行的人說「香蕉多少錢？」，大家都很幽默地回答我各種價錢，於是我又學會了些坦米爾的數字。從此之後，我就靠「香蕉多少錢？」這招，拉近和所有坦米爾人的距離。

語言貌似一道高牆，無法跨越，阻絕了人與人間的溝通，但這道牆並不是有形的，只要我們改變想法，把對語言的「恐懼」變成「有趣」，這道高牆就會自動消失，語言反而變成人與人交流之間的潤滑劑，一句「香蕉多少錢」就能打破最初的尷尬。短短幾天，我靠著「語言」和旅館周圍的人都成了好朋友，每天跟他們分享旅遊趣事和見聞，吃飯時他們還會幫我加菜，這大概就是「旅途上，最美的風景是人」的意思吧。

⊙別想太多，語言就不難了

大家多少都聽過泰語或越南語，知道聽起來「大概是怎樣」，但說到緬甸語，大家就可能比較陌生了，有興趣的朋友可以看楊紫瓊主演的《以愛之名：翁山蘇姬》。楊紫瓊雖然不會說緬甸語，但為了詮釋翁山蘇姬，她背了非常多緬語台詞，我非常佩服她「跟讀」（Shadowing）的功力。

我曾到緬甸寺廟修行，除了住持之外，所有僧人和工作人員都只會說緬甸語，我也因此有了密集接觸緬甸語的機會，用學坦米爾語的方式跟他們溝通，一個星期下來也學會了不少緬甸語，並不覺得特別困難。事後我查了一些文獻，才發現這是一個不簡單的語言。

原來「緬甸語」發音複雜，除了有世上罕見的「無聲鼻音」之外，還有特殊聲調系統；文法上有助詞，有像法文一樣的雙重否定，有像中文一樣難背的量詞；緬甸語有書面語、口語，也有完全雙軌制的雙層語現象，以及需要花很長時間習慣的書寫系統。以上只是簡單舉例，如果要討論細節，緬甸語不會輸給任何一個印歐語或所謂變化複雜的語言。

我因為什麼都不知道，只憑著要跟人溝通的信念學緬甸語，簡化了複雜的問題；如果一開始我就先去學「緬甸語」的知識，反而會讓自己綁手綁腳，腦袋被「錯誤」和「對」

的概念占領，動輒得咎。最近常聽某個學俄文的朋友抱怨老師一開始就要求格變化要百分之百正確，讓他們每次想講俄文就被框架限制，自信心也逐漸喪失，久了反而講不出來了。

我曾聽過一個蜈蚣跳舞的故事。傳說中，森林裡有一隻很會跳舞的蜈蚣，沒有任何動物跳得比她好，看蜈蚣跳舞是森林裡最棒的娛樂節目。某天蜈蚣跳舞的時候，突然有隻兔子問了蜈蚣：「你剛剛那個動作好美，我好想知道是怎麼跳的。那時你是第幾隻腳跟第幾隻腳在跳呢？」蜈蚣想了又想，怎麼想都想不出來，當她要再重跳一次時，竟發現她已經忘了怎麼跳舞。

學語言不需要想太多，傾聽、模仿和溝通才是學語言最重要的事。如果先入為主地認為某種語言或某個東西很難，一定學不會，就會不幸地變成那隻跳舞的蜈蚣了。

⊙用小朋友的方法認識世界

過去，我在出發旅行前總喜歡查閱目的地相關資料，仔細研讀。除了參考維基百科之外，我也會購買世界各國的旅遊書，一來可以使用不同語言閱讀，也可以了解各國人士對目的地的看法，做足萬全準備才出發。

比如說去敘利亞之前，我特地詳讀西方旅遊聖經《寂寞星球》（Lonely Planet）的敘利亞篇和維基百科的相關頁面，還去圖書館借了很多關於阿拉伯文化的書回家研究；到了敘利亞之後，我靠著這些脈絡去認識眼睛所看到的一景一物，快速掌握脈絡，有時也能跟旁邊的人講述各種背景知識。

　　一開始我很滿足於這種「學以致用」的感覺，但多年下來我已有些倦怠，「學了再去」讓旅行少了不少驚喜和探索的樂趣，受到框架限制，而且書上所言跟當地實際情況有時有很大的差異，未必是事實；此外，世界也在快速變動，適用於二○一○年的一段描述，到二○一五年可能已完全不適用。

　　這種認識世界的方式就像傳統的語言學習，我們依存一個由上而下的架構去認識世界，初期看似快速有效，但受制於框架和固定觀念，無法從探索中發現快樂，失去創新和創意。

　　如果學語言不需要特別的框架，那認識世界也可以不用特定的框架，因此我放下了對旅遊書和維基百科的堅持，讓自己在沒有任何背景知識的情況下踏上新的旅途。

　　如此一來，一切變得輕鬆許多，我更能透過實際互動和參訪，感受各地的人、事、物，不受既定觀念和知識的影響，找到自己的樂園和名符其實的私房景點。比如說，相信

大家都會看旅遊書，按圖索驥尋找美食名店，但滿漢全席並沒有真正撼動味蕾，最後發現小巷裡名不見經傳的小攤販才最合自己胃口。一切靠自己探索可能會迷路，可能會花比較多時間，但柳暗花明又一村，找到沒有人知道的美食時的快樂，絕對不是到書上介紹的名店可以比擬的。

我們曾經都是小孩，每個人都曾經用最純真的方式探索過這個世界，建立了自己的框架，同時也失去了自由。如果我們想要再自由一次，體驗那探索過程的純真與美好，讓我們用小朋友的方式學語言，用小朋友的方法再次認識世界。

---

*注：這個用/k/代表的聲音很特殊，叫作「ejective」，有興趣的讀者可以上網搜尋「amharic」的新聞或影片，馬上就會聽到「ejective」特殊的聲響。

14

非洲教我的四堂重要課

　　出國學語言所費不貲，把一切交給語言學校辦理的話，一個月少說也要新台幣十萬元，加上機票錢和旅行費用，念兩個月的語言學校可能就得花上二十萬元。多年來，我一直秉持著「學語言不用錢」的信念，發展了一套到世界各地免費學語言的方法，分享給大家。

　　最近在某本書上看到一個有趣說法：風靡全球的迪士尼卡通《獅子王》裡動物大遷徙的場景藏有不為人知的祕密──動物們捲起的飛沙藏有肉眼看不到的「SEX」字樣，雖然我們感覺沒看到，但大腦卻看得到，因而會感到興奮，有人說這是電影賣座的原因之一。對我這個語言迷來說，《獅子王》則有另一個祕密──所有登場人物的名字都是「史瓦希利語」，各自有特殊的涵義。例如主角的名字辛巴（Simba）就是史瓦西利語的「獅子」，幫他接生的老狒狒的名字「Rafiki」代表「朋友」。

二○一四年冬天，我前往坦尚尼亞的阿魯沙（Arusha）學習這個非洲大地的語言。

⊙第一課──千萬不要念語言學校

帶著「學語言不用想太多，用小朋友的方法就好」的信念，我來到阿魯沙的一間背包客棧住下，和一群在背包客棧工作的坦尚尼亞人一起生活了一個月，每天跟他們稱兄道弟，學了不少史瓦希利語。

我一天裡大多時候都待在Arusha Backpackers，這裡的員工就像家人一樣，從起床到睡覺都相處在一起。很感謝他們願意陪伴我這個「不速之客」，陪我說史瓦希利語，休假時也會帶我出去玩，帶我到他們老家吃飯或是四處觀光。靠著這群朋友，我不但學了很多史瓦西利語，見識了阿魯沙附近的各種風土民情，離開阿魯沙時適逢聖誕節，趁著這個機會，我也以送卡片之名行練習史瓦西利語寫作之實。

現代史瓦西利語使用拉丁字母書寫，不像英文或法文有許多不規則拼字，所以只要掌握了聲音，即使沒有受過書寫訓練，很容易就可以把聲音轉換成文字。雖然我覺得自己會的只有那幾句，程度很基本，但每個朋友看過卡片之後都覺得寫得不錯，還有人懷疑我偷偷找人代寫。或許我不應該對

自己太嚴苛，一個月就能有這樣的成果，已經算不錯了。

如果繼續在這個「完美的環境」待下去，每天跟當地人講史瓦希利語，大概再一個月，基本的溝通應該就可以完全流利；之後持續看電視新聞、閱讀書報雜誌，大概三到六個月就能進行高難度的討論；至於要達到接近母語人士的程度，除了自我堅持之外，預估還需要三到五年以上的時間。

其實，**要讓語言能力確實提升，最重要的是人際互動的網路，也就是要從早到晚、每時每刻都置身在目標語言的環境中**，這就是我家旁邊鵬程公園的印傭台語講得比我好、塔悠路早餐店的越南辣媽國語講得比師大國語中心的博士生好的原因。如果缺乏人與人間頻繁、緊密的交流，即使生活在國外，語言能力也無法顯著提升，這樣的例子在我們的生活中俯拾皆是。因此，我不管到哪個國家，都一定會想辦法建立緊密的人際互動網路，模擬那種從早到晚都在使用目標語言的環境。

⊙第二課──這時該用哪種語言和對方交談？

有天晚上在背包客棧大廳跟店員閒聊時，兩個充滿殺氣的亞洲人進了門，男的操著一口流利的史瓦西利語詢問

是否仍有房間。正當我在猜測他們是哪國人時，他的一句「ii～」曝露出日本人的身分。是日本人且說著流利的史瓦西利語，我當下覺得他們一定是JICA（類似我們的國合會）的人；店員讓我偷看了房客名冊，職業欄寫的果然是JICA。JICA就是日本的國合會，募集日本青年到世界各地的開發中國家為當地人服務，提升當地的文化、經濟和知識水準。跟JICA類似的組織還有美國的Peace Corps，坦尚尼亞也有很多Peace Corps的美國人，他們都在坦尚尼亞的鄉村服務。

要去找他們聊天之前，我猶豫了，我不知道要用什麼語言，因為每個人多少都有語言情節。

什麼是「語言情節」呢？比如說，有些人學了英文，覺得跟外國人講話就一定要用英文，這樣才有「我會英文」的成就感；亦或是，覺得和外國人講英文是練習的好機會；或是被訓練成，看到外國人就覺得對方講的一定是英文，有時即使對方的母語並不是英文，甚至會講中文，也執意用英文與對方交談。除此之外，還有另一種更複雜的語言情節。假設你是一個住在加州的美國白人，你若用西班牙語問候初次見面的墨西哥移民，你覺得他會很開心地用西語回應你嗎？如果這位移民真的不懂英文，可能會很開心；如果他懂英文而且經過各種苦難才學會，可能會很不屑地用英文回應你，一句西語都不想跟你說，心裡想著：「So you think I don't speak ENGLISH？」（所以你是覺得我不會講英文才跟我講西語嗎？）

　　因為我們都努力學過，所以語言是一種成就，也是自信的來源，使用這個語言會給我們愉悅的感覺，如果有人剝奪了我們這種自信和愉悅之感，我們就會覺得不開心，甚至憤怒。假設我們花了好大力氣學日文，但眼前的日本人就是不跟我們講日文，只講英文，我們會做何感想呢？又，我們好不容易學會講英文，眼前的美國人卻一直跟我們說中文，我們不會反射性地覺得不開心嗎？或者明明他中文不太好，卻一直要說中文，我們難道不會想請他說英文嗎？

　　我會多種語言，時常須提醒自己不要因為語言而冒犯別人。我不會看到日本人就說日語，看到法國人就說法語，看到德國人就說德語，一切要視當時情況，甚至還要特別徵求對方的允許。我在美國時，遇過怎樣都不願意跟外國人講日語的日本人，即使你日語再流利，或是整個場合都是日本人而所有日本人也都跟你講日語，他還是不跟你講日語。我也遇過很多法國人對會說法語的外國人嗤之以鼻，擺出一付「你想幹嘛？」的架勢。以上情形大多發生在所謂「先進國家」的語言身上，個人以為，因為很多人學習他們的語言，所以他們早就習以為常，覺得「沒什麼大不了」或「你講好一點再來跟我說」，忘記去**回應外國人努力學習自己語言的熱情**。反而是那些「非先進國家」的人，很願意跟學自己語

言的人交流，比如說，我從來沒有遇過土耳其人不願意跟我說土耳其語。

因此，身爲一個多語人，我會很愼重地**觀察每個跟我說話的人想用哪種語言交談，在不清楚對方好惡的情況下，英文是最安全的選擇**；此外，態度也很重要，如果使用這些語言的目的不是眞的溝通，只是想要展現「我會說你的語言」，那眞的會讓人不悅。

我對兩位JICA的朋友感到非常好奇，特別是那位史瓦西利語很流利的帥哥。爲了安全起見，我決定用英文上前問候，先簡單地用英語交談一會兒並確定他們樂意用日語交談之後，我們就完全使用日語。

原來他們兩位已經來坦尙尼亞九個月，分別在兩個不同的鄉村服務。男生的名字是Yuki，對史瓦西利語非常有興趣，除了受過各種密集訓練之外，日常生活中也很努力地使用史瓦西利語，而刻意不使用他已很流利的英語，所以史瓦西利語才說的這麼好；女生Mayura比較想多練習英語，對史瓦西利語沒那麼大的興趣，所以僅能以史瓦西利語簡單溝通。兩位都是非常特別也很開朗的朋友，我們相談甚歡，晚上一起用餐，也和Mayura相約到她服務的小鎮參觀她的JICA計畫。

⊙第三課──探索國際志工的意義

　　和Mayura相約早上六點前往巴士站，因為時間太早，沒能吃到背包客棧的自助早餐，我只帶著白麵包就跳上老舊的SCANIA巴士，半夢半醒地上路。前三個小時的車程還算平穩，後來就像是一場惡夢。首先是我們巨大的SCANIA的前輪爆胎，在柏油路上還感覺不到差異，進入沒有道路的山路地段時，巴士瞬間變身雲霄飛車，坐在走道兩旁的乘客一不小心就會被甩出座位；期間雖然有救援車輛前來協助，車身搖晃的程度仍然一樣劇烈，我心中充滿了誤上賊船的怨恨。快到Kondoa的時候，經過一個中國建設公司的營地，這家公司負責修繕這段一百多公里的山路，預計六年後完工，但我想中國時間跟非洲時間應該有些差距，他們說的六年其實是十年的意思。

　　來Kondoa主要是為了了解Mayura的JICA計畫，所以吃完午餐後就馬上到她任職的Kondoa縣府。她在Kondoa縣府的工作主要有兩項，一是雜務支援，二是提出各種提升縣政的建議。她來坦尚尼亞之前，已在東京都的國分寺附近擔任公務員多年，處理Kondoa這個小鄉鎮的事務感覺有點大材小用──縣府的人不太會用電腦，要她把預算資料鍵入電腦，她花了一個下午才完成。我在等她的時候心裡不斷想著，Mayura應該如何用她的一片熱忱和十八般武藝對

Kondoa做出實質的貢獻，而不只是來打字而已。

Peace Corps、JICA以及台灣的國合會，是由政府創建的國際支援組織，藉由技術交流或合作的方式，提升發展中國家或開發中國家的衛生、醫療、教育和經濟水準。除此之外，世界各地還有很多營利和非營利的組織，招募國際志工到世界各地建廁所及圖書館、照顧孤兒或是投身教育工作。遇見Mayura，我開始思考國際志工的問題，之後在坦尚尼亞聽了兩個志工故事，徹底地改變我對志工的看法。

一位美國白人女生參加了國際志工組織的計畫，到坦尚尼亞幫當地人建圖書館。幾天之後，她開始察覺有異──每天早上起來時，圖書館工地似乎跟前一天結束前不太一樣。後來她才發現，原來她晚上睡覺的時候，有另外一群當地人把她們前一天施工的項目拆掉再重蓋。因為這些國際志工並沒有真的具備圖書館建築技術，做出來的東西無法使用，為了讓這個計畫繼續下去，計畫負責人才偷偷地請當地人晚上加工。她好氣又好笑，不但沒幫到忙，本來可以白天蓋圖書館的坦尚尼亞人要晚上才能工作，甚至有些人還因此失去工作。從此她再也不去當國際志工，但並沒有因而放棄國際支援的理想，她認為，最好的支援是**做自己真的會做的事，而不去做看起來很好、自己卻不會做的事**。因此，她轉換到國際志工組織裡面服務，用自己的管理專長為世界上各地需要支援的人服務。

另一個故事的主角到坦尚尼亞的鄰國尚比亞從事農業義工，他跟他的團隊覺得尚比亞的地力很好，但當地人卻沒有農業，應該要幫當地發展農業，於是他們的團隊決定在當地種植番茄。當番茄生長得又大又紅的時候，兩百多隻河馬在黑夜中上岸，把所有的番茄都吃掉了。他們告訴尚比亞人這件事，尚比亞人笑著說：「對呀，就是因為有河馬，所以我們不發展農業。」

　　原本以為我們去幫忙蓋廁所、建圖書館、幫忙照顧孤兒或是去偏遠地方教課，多少都對當地有所助益，從未想過反而可能會有害處。我們覺得自己是救世主，帶著做善事的心到某個第三世界的國度，以為我們能為世界帶來更多美好，但真的是這樣嗎？

　　我的一位澳洲朋友，因為脊椎瘤開刀而變得行動困難，但他仍不放棄到世界各地旅行，去幫助更多人。我在吳哥窟遇到他，當我跟他表達我對他的敬佩時，他很正經地說：「People need no pity.」（人不需要憐憫）。他要我把他當成正常人就好，這就是對他最大的肯定！

　　這句話很適合給所有想去做國際志工的朋友。如果我們不是去救援因為物質匱乏而在生死邊緣掙扎的人，**我們能帶給每個地方最大的善意就是發自內心的尊重和友情**。我們不是刻意去第三世界「幫助」當地人，而是前往第三世界過生活，從他們身上學習也讓他們學習。我們到了當地，有沒

有蓋廁所或是圖書館並沒有那麼重要，反而應該**到當地去生活、交朋友、參與當地的各種活動，這就是陪伴的力量，也能給他們最大的鼓勵**。不妨設想，如果今天有個有錢人願意免費甚至花錢來幫我們工作，我們真的會覺得受到幫助嗎？即使他態度很好，我們也欣然接受，但長期下來，真的會對我們的人生有所助益嗎？

⊙第四課——多語言的真正意義

　　我的朋友Josuea是一名在阿魯沙行走多年的「flycatcher」，什麼是flycatcher？簡單地說，就是跟觀光客做朋友，博取信任，再趁機兜售旅遊行程或紀念品。我抵達阿魯沙巴士站時就已經有幾個flycatcher在那裡等待觀光客，觀光客一下車，他們就會圍過來，企圖太明顯的很快就會被看破手腳，被觀光客拒絕。Josuea是比較老練的「飛接人」，他只問我們需不需要幫忙，可以帶我去我的背包客棧，走了一段路後還叫他朋友免費載我去客棧。如此真誠地博取大家信任後，我們同台巴士的人都跟他買了遊獵（safari）的套裝行程。

　　我和Josuea成為朋友之後，我常觀察他如何向遊客推銷、講價。他的英語能力雖然有限，但總是能完成各種溝通任務，快樂成交。我發現他和所有當地人一樣，並不會因為

自己的英文沒有非常好而感到自卑或不自在。

　　我認為他們這樣的開放態度，源於坦尚尼亞的多語言環境。非洲幾乎所有國家都處在多語共存的狀態，加上非洲各國沒有強力的中央政府和良好的教育，因此多語程度比印度、馬來西亞和新加坡都高出許多，「說很多語言」是每天生活的一部分。

　　我們以為黑人就是黑人，沒有什麼不同，但黑人之間的複雜程度，事實上並不比歐洲白人之間的差異小。在阿魯沙，我遇過Chagga、Meru、Bondei、Maasai族人，除了史瓦希利語之外，每族都有屬於自己部落的語言，也多多少少會一些其他部族的語言，受過良好教育的還會說英語。因為他們隨時處在一個會遇到陌生語言的情況之下，所以任何時候都準備好要學新的語言，「學過」和「沒學過」只是經驗多寡的差異，只要打開耳朵去聽，去接觸，去試著說，就一定能學會。

　　他們自出生以來就保持了對語言的敏感度和好奇，即使是不屬於坦尚尼亞的「外語」，對他們來說也一樣，就像那些flycatcher會很自然地跟觀光客學各國語言，就算是離自己家鄉很遠的韓語、日語和中文，他們也都很願意嘗試。或許他們沒有受太多教育，但他們深信所有的語言都是人類語言，非洲的語言他們能學會，亞洲和歐洲的語言也肯定沒問題，世界上沒有學不會的語言。

從這些非洲朋友身上,我看到了語言真正的意義。如同國際觀一樣,**並不是我們知道越多知識,我們就國際化,而是我們對世界有沒有好奇心,能不能包容不同的想法和看法**;同樣地,多語言並非指我們一定要會說很多語言,而是我們能不能在完全沒接觸過一個語言的情況下,**打開我們的耳朵、嘴巴和心房,去傾聽一個我們從來不會的語言**。真正的多語人,不一定要會很多語言,但他肯定能夠欣賞不同看法,接納不同的人群,聆聽不同語言的聲音,也能在必要的時候去學會任何一個語言。

15

探索自己，
找回學語言的初衷

　　不斷地吸收新知，不斷地學新語言，不斷地旅行，不斷地認識人，多年來不斷向外探索的我忘了探索自己的內心，更忘了給自己養分。我的能量耗盡，停止了語言旅行，經過一段漫長的探索，我才找回了當初的熱忱，開始了多語言旅程的新階段。

⊙為什麼我會想學多語言？

　　來自紐約，十六歲就會說二十種語言的 Tim Doner 在 TED 演講中提到，他感覺採訪他的人都把他當珍奇異獸，沒有真心欣賞他對語言的熱情。他自嘲說，可能他一離場，主持人就在背後說：「他這樣最好會有女朋友。」

　　身為多語社群的一員，我也有許多類似的經驗，被人當

成珍禽異獸還好，更慘的是被嘲諷、挖苦，好像學會很多語言是我的原罪。有一回，在一個墨爾本的國際交流聚會中，一位來自香港的留學生知道我會講許多語言後，不斷地把我介紹給不同的人群，逢人便說「這個人會許多語言」，紛紛要我用不同語言跟世界各國的與會者交談。重複幾次之後，我開始感到有些奇怪，有種被馬戲團團長帶去四處表演的感覺；同一個會場，也有一群法語人士對於多語言不置可否，認為會多語言的人都個性古怪，不願意與我多做接觸。每次遇到這樣的情況，都會讓我重新思考多語言的意義，到底會多語言是不是一種福氣？多語人為什麼會成為多語人呢？

多年前，一位朋友聽了我的故事後，說我讓她深刻體驗了世界的寬廣，但沒有感受到生命的深度。多年來，我的確不斷地往外探索，走了世界很多圈之後，生命指引我回歸自我，探索自己內心，思考到底自己為什麼會想成為多語人，當初那個想學很多語言的衝動，到底是什麼？

接受日本某家報社採訪時，記者問我為什麼會想學多語言，又問多語言有什麼用。那時我給了他以下的答案：「我喜歡認識不同文化、交朋友。我喜歡旅行，只會英文的話永遠只能跟會英文的人交流，無法了解每個地方的人真正的想法；如果你想真的促進交流，讓世界上的人相互理解，除了英文你還需要很多語言。」記者好像很滿意地記下我說的

話，變成了報導內容，我卻覺得我只是給了一個標準答案，內心深處其實有另一個聲音。

我隱約知道那個聲音，或許那時不方便說出，或許是探索的時間還不夠，或許是沒有準備好面對真正的答案，而這個真正的答案可能就是：「我其實沒有特別喜歡語言，我只是在追求認同。」

以下這些想法都曾出現在我的腦海中：

「我害怕會五個語言還不夠特別，一定要學六個才會受到人重視。」

「只會歐洲的語言不算數，要學個其他地方的才算高手。」

「半年才學會一個語言太慢了，我一定要兩個月就學會才算是達人。」

「如果我不學語言，就不會有人把我當一回事，人生就會完蛋。」

好友反問我：「你的分析也不見得正確，難道你這樣不是因為成就感嗎？學了一個之後再學另外一個，那種征服語言的感覺。」

我說：「可能有，但那只是很短暫的。我從來都不覺得

自己有做什麼偉大的事，語言這事就是你花很多時間，一直重複去做的，就算學會了我也不會有很大的成就感，船過水無痕。」

好友又說：「如果只是要做一件特別的事，吸引別人目光，那為什麼不做別的？你有很多事都做得很好。」

我回答：「我想，可能是因為語言是人跟人之間溝通的媒介，如果你會語言，馬上可以吸引別人的目光，產生全世界會有更多人注意到你的錯覺。不論如何，其實我只是想要一分接納，一分關愛，誤打誤撞走上這條路。我現在了解到，任何外在的追求都不會讓你得到真的認同和關愛，多學幾個語言也不會讓我得到我想要的東西，我想是該到此為止了。」

有時我甚至覺得，過去學過的二十多種語言，不但不是什麼偉大的事，反而是自己罪惡的證明，證明這些年來我錯過多少自己真正想做的事，忽略了內心真正的聲音，只為了這個對語言的執著。如果語言不是初衷，那要多大的扭曲才能造就學了二十多種語言這麼強大的能量？

或許還有很多事我不明白，但我知道自己必須放下這個為了追求認同而學語言的自我。

⊙多語心的轉折

我放下了對語言的執著，也放下了追求認同而學語言的自我，讓自己可以做些簡單快樂的事就好，以爲自己的人生不再會有多語言，但命運還是把我推回了語言之路。

我有很多在世界各地homestay（住在專門接待國際學生的寄宿家庭）的經驗，其中最長的一次是在日本東京，我在同一戶人家待了三個多月，要離開之前，發生了一件意外的事。臨走前一天，我的home爸home媽安排了晚宴幫我餞別，不幸的是，當天下午家裡突然接到醫院通知寄宿家庭的爺爺過世了。原以爲發生這麼大的事情，餞別晚宴應該會取消，但home爸home媽非常堅持要跟我吃最後一餐；我不想耽誤他們去醫院的時間，便表示晚餐可以提早結束，沒想到，他們卻要我吃完飯後跟他們全家一起去醫院，送爺爺最後一程。我非常驚訝，甚至覺得這大概是日本人過度客套的禮儀，但既然他們如此堅持，我也就答應了。我和他們一起到了爺爺過世的病房，但覺得非常不自在，心想：「我不是你們眞正的親人，跟你們說不同的語言，甚至也可以說非你族類，這是爲什麼呢？」在爺爺的病房裡，我的home哥home姊已泣不成聲，home爸很冷靜地代表全家人跟爺爺說了最後幾句話，不久就指示醫護人員把爺爺的大體送上殯儀館專車，我們一起送了爺爺最後一程。

我永遠忘不了那個晚上，那種完全被接納的感覺，我們超越了國界、語言和種族，回歸到人與人之間最純粹的互相關懷，那時我領悟到了多語言的新意涵。雖然過去我是以一己之私在追求多語言，但語言的執著讓我無意間和許多人建立了很深的關係，也幫助了很多人，在亞馬遜叢林如此，在土耳其也是如此。我以為我每天八小時陪他們聊天是為了學語言，但對他們來說卻是真情的陪伴，一個來自遠方卻願意花時間跟他們一起過日子的朋友。**這些在不同國家結交的朋友並不只是人生的過客，而是不管橫跨幾個時區都願意彼此相伴的摯友**，這些跨語言、跨國界的深刻情誼，讓我的二十五種語言都變得有血有淚；語言不再只是自我滿足的象徵，而是讓我感受與他們深厚情誼的媒介，每一句話都讓我想起和大家一起生活的感動。

　　於是，我重新踏上了多語的旅途，這次不是為了自己，而是為了我深愛的朋友們，朝那個沒有邊界的世界前進。

　　在亞馬遜雨林裡，Dr. Swanson 曾對我這麼說：「你要好好想想什麼對你才是最重要的，什麼才是最想要的。你現在可能有很多想法，比如說，你可能想要學會全世界的語言，或是其他更瘋狂的想法，像是征服世界。但你要知道，這些事都不會發生，你只要記得這句話『Let the land speak to you』，回到你的家鄉，讓土地對你說話，你就會知道你想

要什麼。」

　　回家好像很簡單，但對流浪國際多年的我，回家的路特別漫長，經過許多峰迴路轉之後才把多語言的經驗帶回家，在台灣開始了多語言活動。

Part 2

我的學習實戰分享

16

在台灣學外語很難嗎？

　　M是多語咖啡的夥伴，也是平常一同上健身房的好友，她出生於日本千葉，接受英語教育之前只接觸過標準日本語。來到台灣留學之後，她非常羨慕台灣多數人生下來就有接觸兩種以上語言的機會，但台灣人對語言的想法卻讓她感到非常納悶。

　　「為什麼大多數的台灣人都有語言焦慮呢？我小時候只接觸過一個語言，覺得學外語很困難；很多台灣人生下來就是國台語雙聲道，環境中也有客家話和其他原住民語言，為什麼覺得自己會學不好外語呢？」

　　M這麼一問，我跟她說了兩個台灣人的故事。

⊙習慣多語思維的布農族朋友

　　I先生第一次來到多語咖啡時就引起了我的注意。那時

他在俄文桌說俄語，我感覺得出來他剛學俄語不久，卻沒有一般初學者的羞澀，他用簡單的句子和單字就可以把自己的故事講的很生動，不怕犯錯、不怕多說、也不畏懼和在場的俄國人溝通。這在台灣是很少見的情形，通常大部分初學者都比較放不開，願意主動開口的更少，套法國朋友的說法就是：「我跟很多台灣人講了『Bonjour! ça va?』之後，若再多說幾句，他們就會緊張，好像我會把他們吃掉一樣。」這位 I 先生面對俄羅斯這個「戰鬥民族」仍展現大將之風，沒有絲毫彆扭。

我本以為 I 先生可能有些國際經驗，但他表示從沒待過國外，正當我覺得納悶時，他跟我說：「我覺得你對語言的想法是對的，我回想自己學族語跟國語的過程，真的都是從『聽』開始。」原來 I 先生是那馬夏的布農族原住民，從小就接觸各種不同的台灣語言——先是布農語、其他原住民語、國語以及台語——因此很早就開始思考語言的意義和本質，也很習慣學語言的各種必經過程。他覺得學族語、國語、台語、英語和俄語並沒有太大差別，如果族語和國語不用文字就可以學會，那英語和俄語也不必特別去上課學習。

於是我請他跟我講布農語，他馬上不假思索地跟我講了很長一串，配上手勢試著和我溝通，讓我置身於布農語的情境。至此，我非常確定自己遇到了擁有多語思維的同道中人。

⊙原來台灣有大陳島方言

　　在東京時，有一年我和一位台灣留學生一同前往高田馬場的「英會話咖啡」，這個地方有如我的「多語咖啡」，有英語也有其他語言。這位台灣留學生完全不懂西班牙語，卻和我在西班牙語桌一坐就坐了三個小時。事後我好奇地問她：「你怎麼坐得住呢？一般人聽不懂的話，五分鐘就會覺得無聊了。」她說：「我小時候都聽我婆婆講大陳方言，我也都聽不懂，就坐在那邊聽，聽久就習慣了這種聽不懂的感覺。」我那時並不知道大陳島的故事，於是請教了這位朋友。她娓娓地說道：「大陳島是在浙江外海的小島，當年國軍撤退的時候，整個島上好幾萬居民都撤退到台灣，婆婆說，島上連一隻狗都不剩。」她的故事讓我震驚，我從來沒有想過台灣島上有這樣一群人，說著他們獨特的語言，有著特殊的歷史記憶。我朋友身為「大陳義胞」的第二代，又是怎麼看待台灣和她身處的日本？想必是一言難盡！

　　故事終了，我跟M說：「會幾個語言或許不是關鍵，重要的是我們對語言的想法。如果覺得外語和本土語言是不一樣的，不管學了多少語言，都會覺得外語很難，跟當初只會一個語言的你沒有什麼兩樣。無論如何，現在的你和以前已經不同了，你知道韓語、日語、中文、台語以及你最喜歡的

手語都是人類的語言，你的世界將越來越寬廣，生活越來越豐富。」

⊙克服對語言的恐懼

覺得學外語和交外國朋友很困難嗎？**先學本土語言、交不同文化背景的台灣朋友**吧！

對於英文、法文、日文、德文和西班牙文，我們已經有太多的既定觀念，認為語言應該如何如何，這些國家的人又如何如何……這些想像讓我們感到恐懼，深怕走錯一步就萬劫不復，如此的心態不但讓我們學不會語言，更無法和人建立友誼。

有別於英文和日文等主流語言，我們對於非主流語言並沒有太多的既定觀念和想像，當我們一無所知的時候，反而可以用平常心去接觸新的語言和文化。

如果覺得學外語很困難，不知道怎麼和外國朋友相處，不如先學一個在台灣的非主流語言，交不同文化背景的朋友，當你和他們成為朋友，學了他們的語言，交外國朋友和學外語的問題就會迎刃而解。

⊙我在台灣學印尼語

　　台灣目前有二十多萬名印尼勞工，其中以看護工人數最多，也有不少嫁來台灣的華僑，是非常容易在街上遇到的族群，這也代表我們有學印尼語的良好環境。

　　我學習印尼語的方式很簡單，我每天把印尼語的有聲書當成背景音樂來聽。剛好家附近的早餐店有位印尼藉的打工小妹，每天早上我都會到這間早餐店用餐，但用餐歸用餐，要如何和印尼朋友拉近距離呢？不論在世界的哪個地方，交朋友的方式都是一樣的──打招呼的時候要微笑，言行要有禮貌，也要有誠意地表明自己的目的。我就用這樣的方式跟這位印尼人開始了第一次接觸。

　　她一開始半信半疑，覺得怎麼會有人想學印尼語，以為我是在開玩笑，對我跟她說的幾句印尼語也都沒有太大的反應。我不以為意，依舊每天都會去早餐店報到，找機會跟她說一點印尼語，她這才了解我真的想跟她做朋友，帶著誠意想向她學些印尼語。此後，她也很樂意跟我分享她的語言和生活大小事，就像跟台灣朋友聊天一樣，我們講八卦、討論工作，大多是很輕鬆的話題。

　　我在家把印尼語有聲書當成背景音樂，也有跟讀，再加上每天跟印尼小妹講幾句印尼語，大概一個月後就可以講簡單的對話。然而，我仍不太敢隨便跟家附近的看護工說話，

明明他們都會說中文，我卻覺得跟他們說印尼話好像會被吃掉似的。終於有一天，我跨越了這個情緒障礙，跟樓上的看護工打了招呼，他非常地開心地回應我，並沒有發生什麼災難。這就像我們跟外國人講外語的時候一樣，其實**一切恐懼都是我們想像出來的**，把話說出口，其實沒有那麼難，也沒有那麼恐怖。

換成其他語言也是同樣的道理，例如法語、德語、日語或是韓語等，並沒有比較特別，困難是我們想像出來的。同理，跟印尼人交朋友、跟法國人交朋友，也都沒有什麼不同，我們可以一樣有禮貌，一樣聊生活中的大小事，不必因為是「印尼」或是「法國」而問一些特別的問題。全世界的語言都是人類的語言，全世界的人也都一樣是人，我們也都關心一樣的事情。

⊙擁抱鄰居，才能擁抱全世界

我認為語言不只是一種溝通的工具，語言更深深地影響我們的想法和行為。**如果我們願意打開心胸接觸一個語言，這不僅僅代表我們願意學習一個溝通的工具，也代表我們願意去認識和這個語言合為一體的人群和文化。**

我的其中一位啓蒙老師Sakakibara Yo曾這麼說過：「失去了鄰國，就失去了全世界。」這句話，當初他是對日本人說的，他提醒日本人不要只往歐美看，鄰國的韓國比歐美還重要。三十年後這句話應驗了。

　　對台灣人來說，鄰國就是中國大陸，不論我們的政治傾向如何，我們都應該**擁抱我們的鄰居，才能擁抱全世界**。

　　語言會影響我們的思想，也會影響我們的行爲，就多語言的觀點來看，認識中國大陸的第一步就是學中國大陸的語言，學了語言之後我們的心胸就會打開，能夠接納不同的想法。什麼是中國大陸的語言呢？**簡體字和拼音**就是代表中國大陸的語言。

　　身爲台灣人，我也曾有台灣人對文字的堅持，覺得簡體字是殘體字，注音硬是比拼音漂亮，怎樣都不願意去學拼音、認簡體字，也不覺得我需要特別了解中國大陸的文化。直到我認識了一位大陸朋友，純粹因爲好玩而嘗試著打簡體字跟他溝通。我以爲語言只是一種形式，打打簡體字並不會改變我的想法，但很快地，我從僅僅只是覺得拼音好玩，進化到覺得大陸用語很有趣，不久之後就拓展成想認識大陸社會的各個面貌，開始和這個偌大的鄰居展開交流，也在二○一四年造訪北京外國語大學，和大學生交換學語言的心得。

　　我們學拼音不是因爲媚中，也不是因爲比較國際化，而

是因為這是一個了解鄰居的最好途徑；讀簡體字也是同樣的道理。拼音和簡體字是一個獨特的文化，我們應該要認識這個文化，才不會在走向世界的路上錯過一段美好風景。要知道，世界地圖上少了這重要的一角，將會讓我們看不懂這個世界。

如何和外國人做朋友？

　　在厄瓜多的 Napo 待了兩個多月，結交了許多 Napo 朋友，情誼延續至今，每每想起他們都覺得不可思議。我和他們是完全不同世界的人，有著截然不同的習慣和對世界的看法，這深厚的友情到底是如何建立的呢？甚至，我們可以問一個更實際的問題：「我們要如何跟外國人做朋友呢？」

關鍵1：不要把外國人當珍禽異獸

　　以下是一段Napo的神話：人變成黑毛猴（runa churunga tukun）。

　　亞馬遜叢林裡的黑毛猴，原本是人類。有個人某天在打獵時發現了一顆wituj樹，他爬上樹，摘了果子，打碎後加了些炭，並塗滿全身，讓自己變得烏漆墨黑。回到村落之後，大家都笑他怎麼變這麼黑；妻子也罵他怎麼變這麼黑，不願意跟他睡覺、做那件事。他跟妻子解釋了一番，妻子

說：「那我明天跟你去森林，不要只有你這樣。」於是他們跑去森林，摘了wituj果子，妻子也用一樣的方法把自己弄得全身黑。之後，他們一起回到村莊，大家都笑他們為什麼變這麼黑，笑他們是「黑毛猴」。他們非常生氣，說著：「我們是什麼？我們是黑毛猴嗎？」就在他們說話的那一刻，他們都變成了黑毛猴。直到現在，黑毛猴都非常黑地活著。

Napo有許多人變身為動物的起源神話，主題大多圍繞著愛情和親情，探討男女之間、夫妻之間或是親子之間的愛恨情仇。每看一則故事都有似曾相似的感覺，世界上所有民族的傳統神話裡不都有這種變身故事嗎？有時變成樹，有時變成石頭，有時變成鳥，有時變成黑毛猴，還可以變成龜山島。

Napo人關心田裡面的作物有沒有生長，小孩健不健康，夫妻關係好不好。在Napo時，有一陣子連下了一個多星期的大雨，Napo河水位暴漲，差點要淹到我們的研究機構Iyarina。Napo的朋友們非常難過，因為他們的田地都被洪水沖走了，那是我第一次看到他們這麼傷心。Napo村裡也有各種八卦，大家喜歡在村子中央討論昨天誰的爸爸沒有回家，媽媽跟小孩因此在家裡哭；或是誰跟誰之間有「禁斷之戀」，明明是表兄妹卻交往、結婚。外遇的話題更少不

了，「昨天我看到誰跟誰走在一起」也是很流行的話題。

　　Napo 人喜歡喝一種叫「aswa」的酒，他們要我像牙牙學語的 Napo 小朋友一樣多喝，才能說一口流利的克丘亞語。這種酒由一種叫「lumu」的植物發酵製成。lumu 有許多不同的種類，在 Napo 地區的 lumu 是甜 lumu，沒有毒，只要煮熟即可食用；另外一種是苦 lumu，含有大量氰化物，必須經過沖洗、曬乾等製程之後才能食用。lumu 這個根莖作物長相有趣，地上部分細細一根，地下部分非常大；一般的根莖作物很難拔起，但 lumu 卻可輕易拉起。我第一次跟 Napo 人到田裡採收 lumu 時，不知道輕拔即可，用了過多力氣去拉，不僅 lumu 被我連根拔起，我也重心不穩，往後跌坐在地上。製作 aswa 是婦女的工作，根據傳統的作法，Napo 婦女會把 lumu 剝皮，在嘴巴裡咀嚼之後把汁液和殘渣吐到發酵的容器裡，發酵之後成為含有酒精的 aswa。

　　現今世界上除了少數幾個地方，要真的跟外面世界沒有往來，實在不太可能。Napo 聚落的人們也有使用科技產品的習慣，除了手機之外，青少年和小朋友也很喜歡 DVD 播放機。他們最喜歡看的是韓劇，當時聚落裡正流行《天國的階梯》；在亞馬遜叢林裡和十四歲的小妹妹一起「追劇」，看著劇裡的韓星，再看著小妹妹烏黑的長髮，我還以為自己回到了亞洲！

　　來到陌生的亞馬遜，聽到沒聽過的克丘亞語，我以為住

在亞馬遜的 Napo 人離我們很遠，是不同世界的人；實際接觸之後，我發現他們跟我一樣，沒有分別。因此，和外國人交朋友的第一關鍵，就是不要把他們當成珍奇異獸，不管黑人、白人、紅人還是灰人，我們都用平常心接觸他們即可，**平常心就是友誼最好的催化劑**。

關鍵 2：不要刻意聊所謂的大問題

二十歲開始跟外國人接觸的時候，我很喜歡問所謂的大問題（big question），像是法國的失業率為什麼這麼高、美國人是不是都很反智、日本人是不是都喜歡追求安定等。問這些問題不是不行，但這些都離一般人的生活遙遠，無法拉近人與人之間的距離，也讓人覺得很累。我想任何一個住在台灣的人，不會一見到新朋友就開始大聊台灣人是否都有綠卡這種問題。

跟人聊天，我們都喜歡講些生活上的趣事，不一定要有什麼特別的意義或大道理，任何國家的人都是如此，聊天氣、孩子、家人幾點回家、日常生活或奶粉錢這些一般的話題，就是最好的話題。Napo 人的生活簡單，就算真想問什麼「大問題」也問不出來，我每天就是跟他們聊些村裡的小事、自己在叢林的發現和同學間的趣事，像是誰跟誰有八卦啊、誰昨天沒回家啊，或是誰偷吃了什麼東西。

交朋友，就是友善地關心對方生活的大小事，一起歡

樂，一起享受生命的美好，**低落的時候互相打氣**，交外國朋友也是一樣的道理。

關鍵3：保持好奇心、汲取新知

每個地方、每個國家都有其特殊之處，如果要融入一個地方，一定要對當地事物有某種程度的了解，才能拉近和外國朋友的關係，建立更深厚的情誼。因此，**時時保持好奇心、吸收各種新知**，是非常重要的事。

我曾在大阪待過半年，非常喜歡當地幽默的人文風情和對外來文化開放的態度，也花了很多時間研究和大阪有關的各種事物，特別是大阪的地理。每次認識新朋友，我總會問對方是從哪裡來，即使對方認為我一定不知道，我仍會堅持請對方寫下地名，回去再透過網路查詢相關資訊。久而久之，我對於整個大阪區域有非常清楚的認識，也記下所有重要的車站站名；若遇到大阪人，我都會詳細詢問他們老家的所在，藉此一起討論他們家鄉的事情，很快地拉近了彼此的距離。

今日，託維基百科之福，我們可以輕易在網路上查到任何瑣碎的小知識。花很少的時間和精力就能更了解這個世界，何樂而不為呢？

關鍵4：用直截了當的方式表達自己的想法

交外國朋友，只要有問題，有什麼想法，我們就要直截了當地說出來。

我曾在Hippo Family Club這個日本的語言習得暨國際交流團體短暫服務過，擔任講師、活動主持和翻譯。

每年十一月，日本政府會舉辦名為「東南亞青年船旅」的活動，邀請東協十國的青年朋友到日本參訪，再搭上交流郵輪，到東南亞航行四十五天，加強各國與日本的情誼。

Hippo負責了東協十國成員在東京的部分行程，包括文化交流活動和寄宿家庭，我當時擔任交流活動的主持人，向全體參與者介紹Hippo的活動和理念。活動結束後，東協的青年們前往Hippo成員的家中寄宿一天一夜，Hippo的成員也向大家分享他們三十多年來擔任寄宿家庭的經驗。

他們認為國際交流最重要的就是坦誠，強調有問題就要直截了當地說出來，不要擔心冒犯到對方。接待外國人三十多年的經驗告訴他們，如果總是要去臆測某個國家的人會如何如何，實在太累，臆測的結果也不如預期。跟自己國家的人就算說一樣的語言都會溝通不良，何況是語言不同、文化也不同的外國人，如果溝通時還要客氣來、客氣去，只會造成更多的誤解。

遇見外國人，只要你是誠心誠意，想說什麼，就說什麼！

關鍵5：你聽不懂不是你的錯，但對方聽不懂就是你的錯

兩個不同國家的人溝通，必定有一個人會使用自己較不熟悉的語言，如果我們是比較不熟悉的那一方，我們不應該為此感到焦慮或地位低下；溝通是雙方的，聽不懂不是你的錯，但對方聽不懂就是你的錯。

當年我在大阪工作的背包客棧老闆宮本先生，就是這個準則的最佳典範。一般而言，背包客棧經營者的語言能力都不錯，然而宮本先生僅能勉強聽懂英語，幾乎無法說出任何完整的英文句子。雖然如此，不管對方說的是什麼語言，宮本先生總有辦法跟他們溝通，完全沒有一般日本店員遇到說英文的外國客人時，手足無措的情形，客人也不會因為語言不通而感到無奈。宮本先生是怎麼做到的呢？

首先，他不會因為自己不諳英語就對說英語的客人感到有所虧欠，即使聽到自己完全聽不懂的英語，他仍能心平氣和、悠閒自若地接待客人，嘗試了解他們的需要。他說，只要願意冷靜地觀察客人，大多能猜到他們要問什麼，或有什麼需求；接下來只要靠破碎的英語、比手畫腳和紙筆，就能進行有效的溝通。宮本先生還有一招，就是不管客人用什麼語言問他問題，也不管客人會不會日語，他都用慢速且簡單易懂的日語回答，反過來讓客人去猜他到底在說什麼。這神奇的溝通方式，十次有九次都會成功，讓我有時覺得自己的多語能力是多餘的。

也就是說，宮本先生將焦點放在「有效溝通」上，不因自己英文較差而感到自卑或不自在，這樣的態度非常值得學習。

反過來，如果我們說的中文外國人聽不懂，我們才應該要感到焦慮。是不是自己說太快？是不是沒有考慮到對方的感受？對方聽不懂我們說什麼，就是我們的責任，必須再好好地說一次。

我認為，**語言是溝通問題的假議題，用來掩蓋我們不想面對的真相。阻隔人心的終究不是有形的距離也不是抽象的語言，是我們怕麻煩的心理**，惰性才是我們的敵人。美國著名的心理醫生 M. Scott Peck 在其暢銷大作《心靈地圖：追求愛與成長之路》提出了一個有趣的說法，詮釋亞當和夏娃的故事：亞當和夏娃真正的原罪不是吃果子背叛上帝，而是他們的惰性。他們怎麼不去問上帝為什麼不能吃果子，也不去求證蛇所言是否為真呢？一切都是因為怕麻煩──求證麻煩，找上帝麻煩，直接吃了最快。

交外國朋友沒有語言的問題，只有懶惰的問題。

以上建議不止適用於交外國朋友，其實也是我們一般交朋友的方法。如果你本來就很會交朋友，交外國朋友肯定也沒有問題；如果你覺得自己不太會交朋友，可以根據上面的建議，結交一般朋友，假以時日一定會駕輕就熟，朋友越來越多！

18

出門在外最棒的社群建立法

　　如果去國外學語言，融入當地生活不僅是最有效的方式，也可獲得生活上的協助，俗語說：「在家靠父母，出外靠朋友。」在異鄉的時候更是如此。以下介紹幾個我在各地開疆闢土、建立生活圈的方式。

⊙宗教團體

　　大部分主流宗教團體對團體外人士都採取開放的態度，歡迎任何人蒞臨參觀，所以有許多與人接觸的機會，因此，參與宗教組織或其舉辦的非宗教性活動，可以得到許多與人接觸的機會，是一個融入當地生活很好的方式。

　　我沒有特定的宗教信仰，但我也不排斥任何宗教信仰。在不冒犯到他人的情況之下，我會積極地參加各種宗教團體舉辦的活動，透過這些活動學習語言、融入當地生活，其中

又以與基督教團體接觸的機會最多。

世界各地的基督教教會除了舉辦例行的禮拜和讀經活動之外，還有服務社區的義工活動、語言學習活動和支援國際學生的活動。例如，我在美國念研究所時，每星期五晚上都會參加基督教團體為國際學生舉辦的免費餐會，這類活動不會有太強的宗教性質，除了短暫的讀聖經活動之外，大部分時間都讓參與者自由交流、認識朋友。除了餐會，星期天早上我會先去墨西哥人的教會做禮拜，接近中午時再去韓國人的教會聽講道，享用每週一次的韓國美食。我透過這些活動結交了許多一輩子的朋友，豐富了留學生活，學了很多語言，非常感謝那兩年他們對我這個非基督徒的包容和接納。

宗教使人敬畏，就像我們對未知的國度和人群一樣，會有許多想像。例如「基督教徒都很博愛」「美國人都是大老粗」等，是一種以偏概全的想法，世界上每一種人都有，有很害羞的美國人，也有仍在練習愛人的基督徒。我認為，**大部分宗教團體跟一般團體並沒有兩樣，都是為了自己的信念努力；不同的信仰和信念並不是阻擋我們溝通的理由**，我們可以去參加支持LGBT（女同性戀者 Lesbians、男同性戀者 Gays、雙性戀者 Bisexuals 與跨性別者 Transgender 的英文首字母縮寫）的遊行，也可以去聽教會為什麼反同性戀、又有些教會為什麼支持等。**想法不同的時候，我們可以禮貌地表達我們的理念，但不需要去說服別人，也不用被說服，更**

不要覺得我是對的，你是錯的，弄得水火不容。

我相信「施比受更有福」，但我並不相信「拿人手短」。我們可能覺得接受了宗教團體一些好處，沒有回饋會覺得過意不去，我倒覺得不必如此，我相信大多數人都是眞心付出，展現自己的美好，就算最後沒有緣分成爲夥伴，也不會有所怨懟。如果我們相信施比受更有福，大方付出的同時，也應該大方接受別人對我們的好。

不同的宗教就像不同的語言文化，我們不需要先入爲主地去認定事物的樣貌。不論有沒有宗教信仰，我都建議大家隻身在外、舉目無親的時候，可以透過宗教團體的活動去建立自己的新生活圈，融入當地生活，自然地學會語言。

⊙公益團體

世界各地都有形形色色的非營利團體，他們時常在招募志工，這也是一個融入當地生活很好的管道。

比較大型的國際非營利組織，例如國際特赦組織（Amnesty International）或是綠色和平（Greenpeace），在世界每個大小城市都有活動，隨時都在招募志工，有興趣的朋友可以透過他們的官方網站搜尋相關資訊；地方性的義工組織大多沒有網站，但可透過社區活動中心尋找適合自己的

活動，例如在日本各地的區公所（區民中心）可以找到非常豐富的相關資訊。然而，參與這類活動不僅要認同團體的理念，更需要真的熱情，若只有過過水的心態，很快就會被工作量和各種辛苦壓垮。我在美國念研究所時曾參與了一個為街友服務的志工團體，每星期二清晨四點就要幫街友準備免費早餐，雖然我很支持這個活動，也和幾位街友成為了朋友，但後來仍因為熱情不足，也抵擋不住美國中西部的寒冬，無法繼續為街友做早餐。

有些公益團體專門服務外國人，例如在日本就有一個免費教外國人日語的全國性公益團體，讓沒有機會或沒有經濟能力上語言學校的外國人，可以透過交朋友的方式學日語。

⊙沙發衝浪或Meet up的網路聚會

現在網路科技發達，一個外地人要融入任何當地生活比以往容易得多，喜歡和世界做朋友的人紛紛透過「沙發衝浪」和「Meet up」網站成立社群，讓外地人、外國人和本地人有交流的機會。

因此，即使我們只是去某個國家幾天，也可以輕易地透過這類網站搜尋各種聚會資訊，藉以認識當地人，融入當地生活。

⊙透過興趣和才藝與人接觸

我最敬佩的語言教育大師 Stephen Krashen 曾說：「學生用英文上英文課學會英文，並不是因爲『英文課』學會英文，而是因爲『用英文上』，如果我們把『英文課』換成『數學課』，也會有一樣的效果。」比起去國外上語言學校，去國外學習才藝或技能可能更能幫助我們學會外語，也可以透過興趣和才藝開拓新的生活圈。

我喜歡下圍棋，以棋會友一直是我在世界各地拓展生活圈的方式。我曾在德國漢堡的露天公園與德國人對決，也曾在亞洲的伊斯坦堡與美洲和亞塞拜然人對弈，法國、美國和日本也都有我下棋的身影。我一直認爲**興趣是最好的語言學習媒介，爲了我們眞正享受的事物，我們會眞的想溝通、眞的想交朋友，語言能力就自然而然地成長了。**

我有一位台大多語社的學弟在丹麥念書，他跟我抱怨丹麥人都不願意跟他說丹麥語，問我該不該去上一般丹麥人上的烹飪課或是舞蹈課。我非常鼓勵他去，這些老師總得跟學生說丹麥語吧，總不可能爲了他一個人就跟全部人說英語，破壞大家下班後的輕鬆興致。後來，他眞的去上了舞蹈課，舞蹈課的同學知道他眞的會丹麥語，紛紛感到驚奇，也都願意跟他說丹麥語了。

我不像學弟一樣有在國外上舞蹈課的經驗，但我曾在台

灣跟外國朋友一起跳國標舞。跳舞對我來說是很大的挑戰，外國友人沒多久就抓住了節奏，我卻很快地成爲國標舞老師關注的對象，一再給我個別指導。我努力跟上老師腳步的同時，卻也在觀察另一件事：「我的外國友人到底聽懂多少國標舞老師的中文？」於是整個跳舞過程我都沒有特別爲她翻譯，只觀察她跳得跟老師是否相同，一個小時後我問她：「剛剛老師說的你都聽得懂嗎？」

她說：「一開始聽不懂，我只是看他怎麼跳我就怎麼跳，舞步記熟了之後才不知不覺地明白了他那些前後左右、轉彎的指令，其他更複雜的說明我就聽不太懂了，全部大概聽得懂六成吧！」這跟我的觀察完全符合，她的動作都正確，但老師講的一些細節她都沒有做到。印象最深刻的就是最後一個動作——彼此左右移動交叉時，眼神要互看——老師說了很多次，但她並未發覺自己沒有看我。

第一次跳國標舞很好玩，但對我來說最有趣的，是這位朋友從完全聽不懂老師的講解到可以聽懂六成的過程，這就是小朋友學語言的縮影。在學語言的過程中，我們以爲要先了解語言才能了解意思，才能跟人溝通，但事實卻是相反，我們是了解意思之後才反過來了解語言，只要長期處在情境中，一定會自動習得語言。

這樣的語言習得方式對小朋友來說非常容易，對大人來說卻非常困難。對肢體表現很沒自信的我而言，走進都是

退休族的國標舞房會感到不自在，何況是不熟悉中文的外國人。然而，我這位朋友非常厲害，她不會因為聽不懂老師或同學的指導而慌張或不好意思，反而用冷靜和微笑帶過。比如說，有位同學很好心地跟她說她左右腳放錯地方，她顯然沒聽懂，繼續跳錯，但她並沒有因此覺得尷尬或焦慮。

最後我給他的結論是：「你應該把上中文課的錢拿去上棋琴書畫，中文肯定馬上進步飛快，還能學會十八般武藝！」

以下跟大家分享三個我在國外學語言的例子。

⊙雜貨店生活圈，讓我一個月就融入當地

二〇一一年的十二月，我透過朋友的朋友在墨西哥埃莫西約（Hermosillo）租了一間雅房，同棟房裡還有兩名室友。朋友的朋友不住在附近，所以我到達當地時可說是舉目無親，但我並不擔心，因為根據經驗，中南美洲的朋友都很熱情，交朋友不是什麼困難的事。

我從拜訪社區內的abarrotes（雜貨店）開始建立我的生活圈，跟所有老闆聊過之後，和一位叫Cesar的比較投緣，於是我開始每天照三餐去雜貨店買點小東西，順便坐

在店裡跟所有來買東西的社區居民問好。他們從未真的跟「chino」（中國人，泛指亞洲人）接觸過，每個人都對我感到好奇，一、兩天之後，當地沒事幹的年輕人都會來找我這個「chinito」（小中國仔）聊天，教我各種奇怪的西班牙語髒話。

大概一個星期後，我就藉著這間Cesar的abarrotes建立了緊密的人際網路——白天坐在店裡跟Cesar和來買東西的人閒聊，晚上跟當地年輕人到附近一個路邊攤打UNO（一種紙牌遊戲）、聊天，大家心血來潮時還會去夜衝、夜騎，一個月後他們玩笑地說我已變成不折不扣的墨西哥人了。

漸漸地，我和Cesar一家感情越來越好，本來我在雜貨店買東西都會依價錢付費，慢慢地他都會幫我打折甚至不收我錢，Cesar的太太也常請我去他們家吃飯，特別是聖誕節的大餐和新年大餐，更是豐盛的不得了，讓我常常覺得他們根本是把家當拿出來招待我，我非常地感動，也實在覺得不好意思。

我感動，因為即使他們擁有的很少，仍然把最好的東西拿出來跟我分享；我不好意思，因為我知道，我在美國每個月領的獎學金可能是他們全家收入的數倍，我不禁開始思索一個問題：「這真的公平嗎？」一個月後，我仍沒有思索出答案，但在他們的陪伴之下，我的西班牙文進步了不少，還帶點墨西哥腔。我和他們道別後，便回美國繼續我的學業。

半年後的某天，我異常想念Cesar一家人，寫了張明信片寄到墨西哥，希望他能在未來的某天送達。墨西哥不像我們有完善的郵政系統，信件除了容易遺失之外，運送的時間也長，有寄到就要謝天謝地。明信片寄出的一個月後，我突然收到來自Cesar的兒子Gordo的訊息：「Llego tu postal. Le dio mucho gusto a mi familia cuando llego la postal si sabias que mi papa esta enfermo..... le detectaron cancer en el esfago.」（你的明信片寄到了，我們家人都非常開心。你知道，我爸爸生病了，他得了食道癌。）過了半年，我再度去Hermosillo造訪他們時才知道，原來Cesar過世前幾天，我的明信片剛好也幸運地寄到了，讓當時在化療中的他非常開心。

那時，我才解開了我心中的疑惑。這沒有公平不公平的問題——一切都很公平，因為我們之間不是用金錢或任何事物來衡量，他們對我的真心，跟我對他們的真心是一樣的；一張明信片，一頓飯，都是無價的。

⊙找警衛聊天、參加各種聚會

雖然我覺得上語言課幫助有限，但如果可以免費去上還包吃包住，我不會拒絕。有一年，我拿到一筆研究經費去伊斯坦堡上暑期大學的土耳其文課，這個土耳其文課程的學生

大都來自歐美國家，只有老師是土耳其人。即使大家都有歐盟語言標準「C1高級」的程度，下課休息和課後互動仍用英文交談——這就是典型「一傳眾咻」的情況，只有老師講你想學的語言，其他所有的人都講不同語言。

此外，放學後有很多文法作業，必須閱讀艱難文學作品，需要很多時間才能完成，這些練習固然有其用途，但這樣的練習在任何一個國家都可以做，沒有必要大老遠跑到伊斯坦堡來吧！

我們需要的是一個「眾傳一咻」的環境，大家都用土語交談，人都在土耳其了，當然就要把握這個土耳其語的環境去多跟人互動，而不是花時間上課。所以我每天一下課，第一件事就是跑去跟警衛聊天，建立了一個大學裡的警衛生活網。此外，透過「沙發衝浪」，我找到許多當地人的聚會，參加了西語聚會、圍棋聚會和法語聚會，和各行各業的人說土語，我才終於感到我的土語能力有了明顯提升。

⊙ 失敗的德語學習經驗

第三個故事，是我覺得最失敗的國外語言學習經驗。

二〇〇八年，我通過DAAD（德國學術交流總署）的考試，拿到獎學金去德國明斯特（Münster）上了一個

月的語言學校。Münster 大學的語言課程跟之前提過土耳其 Bogazici 大學的課程一樣，整堂課只有一個德國老師，同學們都不是德國人。

當時剛好有位台灣同學，我們也很認真地都用德語溝通，但那感覺還是比不上跟一群德國人講話。課程的作業也不少，如果要認真完成作業，根本沒有時間再去找人交際應酬。

事實上，我用了當時我知道的所有方法，仍無法在明斯特找到一個可以跟德國人交流的地方，一整個月下來，我沒有跟任何一個老師之外的德國人講到話，德文並不是我生活的一部分，是必須強求才能擁有的奢侈品。

一個月之後，我到巴伐利亞的朋友家待了一段時間，全家人都跟我說德語，那段期間我才感到我的德語有所進步。

簡而言之，在全世界任何一個地方都可以學習讀和寫，好不容易到了國外，就要把握那最好的環境學會聽跟說。讓你學會聽跟說的地方不是語言學校也不是任何語言機構，而是緊密的社交網路。報名語言學校前請三思而後行，記得「一傳眾咻」和「眾咻一傳」的道理，到國外學語言，除了語言學校還有很多其他更好的選擇！

19

你用騎腳踏車式，還是算數學方式學語言？
——語言習得VS.語言學習

　　厄瓜多熱帶雨林的大家長Dr. Swanson除了熱衷於研究之外，也是很有生意頭腦的人。Iyarina是研究機構，同時設有叢林度假區，不時會有世界各國的遊客來當我們的鄰居，我們跟遊客會同一時間用餐，早晚都有很多時間交流，因此我認識了一位來自美國加州的英文老師Ed。Ed對語言非常有興趣，年輕時曾去日本當了兩年的日本酒學徒，之後一直在洛杉磯教英文。我們交換了彼此對語言教育的想法，當我談到美國語言學家Stephen Krashen時，他跟我分享了一段他與Krashen的故事。

　　在一次教育研討會中，Ed拿了他設計好的教案請教Krashen的意見，他看了一下說：「這教案不錯，但我覺得你不用花時間在這上面，你只要去拿一張桌子放在教室前面，再搬一台電視到桌上，給你的學生看電視就行了。」

不論這個故事真假與否，這位南加大的語言學教授多年來確實一直在推動自然教學法和語言習得，他告訴大家傳統上課學文法的方式是無效率的，自然溝通才是學語言的正途。到底什麼是語言習得呢？

⊙騎腳踏車和算數學的差別

相信大家都學過數學，也學過騎腳踏車，不論學得好不好、學得快還是學得慢，數學和腳踏車的學習經驗肯定是非常不同的。

沒有人可以教我們騎腳踏車，即使是單車高手也無法告訴我們怎麼騎、怎樣可以一次就騎上去而不跌倒；熟悉物理的人體工學專家，也無法透過數據告訴我們身體應該傾斜多少度、屁股怎麼坐能夠保持平衡，或是把動作拆解，把每個小動作都練好就可以騎上去。我們只能透過不斷地摔倒、不斷地失去平衡才有辦法學會騎腳踏車，其他人只能從旁協助，讓我們心安，給我們鼓勵。

學會騎腳踏車之後，這就變成一種我們無法解釋的技能，深藏在潛意識裡，我們會做，但不知道怎麼解釋，就像一種膝跳反射；學會騎腳踏車之後，我們也很難忘記，也許一段時間沒騎會覺得生疏，但那種不熟悉、不安的感覺在幾

秒鐘或幾分鐘之後就會自然消失了。

學數學則是一個很不一樣的經驗，如果沒有人教過我們先乘除後加減，我們無法靠一直算錯來知道這樣的規則。學數學需要思考，也需要老師，老師要先講解公式，我們再把公式背起來，理解公式法則後不斷演練才能學會，因此我們會算，也知道為什麼要這樣算，這是一個我們會做，也知道怎麼解釋的技能。因為數學是知識性的，並不是身體的反射，所以除了常用的加減乘除、九九乘法等非常基礎的技巧，其他只要不常練習就會忘記，比如說，你若不是理工科背景，高中學的三角函數或是指數與對數，早就忘得一乾二淨了。

簡而言之，數學是可以教的，腳踏車不可以；數學是有意識的，腳踏車是無意識的；數學是會忘記的，腳踏車是不會忘記的。

那麼，學語言是哪一種呢？

⊙小測驗了解你對語言的自信

請問以下五個句子哪些是錯的？

① He like me.

② I'll go to the airport now.

③I'll go to the airport tomorrow.

④My friend goes to India yesterday.

⑤He liked me.

不管你的選擇為何，如果你學英文的歷程是「念文法、背單字、考檢定」，你可能會覺得①因為第三人稱沒有加s不好，②是說現在的事所以要用現在進行式，④沒有用過去式所以不對。先不論這三個句子到底好不好或對不對，你是否發現自己判斷的基準是文法，好像文法對就對了，文法錯就不對。如果我告訴你①、②、④之中只有兩個是不行的，你有辦法不懷疑自己嗎？

如果我改問各位，以下七個句子哪個是錯的呢？

①快把東西吃了！

②他是把妹高手，把全校的妹都把光了。

③你別把東西弄丟。

④你書把弄丟。

⑤你怎麼弄丟東西。

⑥你怎麼把東西弄丟。

⑦快吃東西。

如果你的母語是中文，你會不假思索地回答：「第四句。」問你爲什麼，你可能會說：「因爲沒有人這樣講。」或「不知道。」不論你怎麼回答，你都不會懷疑自己的選擇，認爲④一定是不對的。如果我把同樣的問題，拿去問師大國語中心華語高級班的同學，他們會口徑一致地跟我說：「④不對，因爲『把』的後面要加受詞。」

如果我騙他們說，第四句其實是可以的，他們會非常疑惑，不知道到底對或不對。學過文法的人對此會沒有自信，我們這群母語人士沒有學過文法，卻有極大的自信、斬釘截鐵地跟任何一個人說：「第四句是錯的。」這個自信和感覺到底從哪裡來的？爲什麼對於英文，我們就無法有這樣的自信呢？

⊙語言習得像騎腳踏車，語言學習就像算數學

在前面的小測驗中，我們發現了兩種不同的語言處理的方式，一個是所謂的數學方式，用學過的文法規則去判斷對錯；另一種是所謂的腳踏車方式，用感覺去判斷對錯。

第一種方式叫「語言學習」（language learning），這是我們在學校學語言的方法，我們把語言當成一個無機物，

切割成最小單位，再用像數學一樣的文法公式拼湊起來，得到語言。用這樣的方式學語言就像學數學一樣，一定要有人教，一定要有意識地去計算，久了不用一定會忘記，這是我們多數人學數學及物理的歷程。用這樣的方式學語言，我們會用文法、單字去拼湊句子，但無法培養出對語言很強的直覺；此外，因為文法不像數學公式一樣是沒有瑕疵的，用這樣的方式學語言常會出現「文法對，卻沒有人聽得懂或沒有人這樣說」的情況。

第二種方式叫「語言習得」（language acquisition），這是在台灣的我們學會國語、台語、客家話或任何在地語言的方式；如果你曾住在國外，你也是用這個方式去學日文、英文或韓文。這個過程跟學腳踏車一樣，不需要老師，也沒有辦法教，**只要不斷接觸語言就能無意識地學會**，這就是所謂**「小朋友的方式」**。用這個方式學會語言的話，語言就不是單字文法，而是一種很強的直覺，就像我們知道「你書把弄丟」是不對的那種直覺。

「語言習得」是人類與生俱來的能力，「語言學習」是我們長大成人、具備認知能力之後才發展出來的能力。因為「語言學習」需要良好的邏輯能力，非常困難，並不適合所有人，若是「不喜歡念書」或是「數學不好」，用這樣的方式學習會倍感吃力，很容易中途放棄。

「語言習得」這種「小朋友的方式」是人類的本能，所以是最輕鬆且不費力的方法，任何人都有辦法透過這樣的方式學會語言。

　　此外，語言習得是一種身體反射，溝通的效率會比算數學的方式快非常多，也就是所謂的流利。然而，長大成人的我們已經忘記怎麼用這個小朋友的方式學語言，學校教育又讓我們以為學語言只有「語言學習」這種方法，我們才會誤以為學語言一定要「背單字、背文法、考檢定」，其實，我們還有其他選擇。

20

語言自然習得法，
學來輕鬆又不容易忘！

⊙語言界的成功者謬誤

　　《*Babel No More*》是一本探討語言高手如何學語言的名作，作者 Michale Erard 曾旅居台灣多年，還交了個台灣女朋友。他訪問了全世界所有的語言高手後，得到一個結論——學語言的祕訣只有一個，就是「持續不懈」，找到自己的方法後持續下去就對了。

　　我非常喜歡這個結論，因為他破除了大家對神奇方法的迷思，大家以為語言學得好或會很多語言的人一定有什麼祕訣，事實上祕訣並不存在，大多數人只是花了很多時間而已。

　　我把這件事稱作「語言的成功者謬誤」，就像成功的商人以為自己是因為某些因素成功，事實上卻不是如此，就算真是如此，也無法複製到別人身上。

因此，每當有人問我什麼方法最好時，我總是沒有標準答案，但如果要我推薦一個方法給大家，我希望大家都去試試這個「小朋友的方法」，這方法不但免費，也能藉以學會溝通，更能開闊自己心胸、突破人生限制。

小朋友的方法從聽、說、讀、寫依序開始，先掌握聽與說再考慮讀與寫。讀寫與聽說相互獨立，沒有特別需求的話，只學聽與說也是可以的。

⊙第一步──聽不懂也要一直聽

語言是一種音樂，我們並不需要任何預備知識就可以聽音樂，同樣地，我們不需要任何知識就可聽語言，學語言的第一步就是「聽」。

聽一個新語言的時候，我們不需要去想聽得懂或聽不懂，把它當成音樂來聽即可，慢慢地，大腦會自動理解新語言的旋律、韻律和其他細節。我們很多人沒學過韓文，但一聽到韓文就知道那是韓文，不會把它跟沒學過的日文混淆，就是這個意思。

什麼樣的材料適合呢？只要是自然的材料都可以，電影、有聲書、連續劇、動畫、廣播等都是很好的材料；語言教科書則不是很好的材料，因為大多數教科書都是為了文法

和單字編寫而成，並非傳遞某種概念或思想，我們很快就會感到無聊、乏味。建議可以把喜歡的材料轉成mp3，時時當成背景音樂聽，就是學語言最好的第一步。假設我很喜歡看韓劇《主君的太陽》，而且我對這部戲已經熟到不能再熟，我就會把這部戲的聲音轉成mp3，當成每天寫文章或吃飯時的背景音樂；假設我要學俄文，我很喜歡某本俄文書也看過它的中文版，對內容已經滾瓜爛熟，我就會買俄文版的有聲書來當背景音樂聽。所謂「背景音樂」的意思就是不用聚精會神地聽，也不用特別去想是什麼意思，放輕鬆聽即可。因為聽的東西是我們熟悉的內容，腦中已有情境，聽久了之後我們會慢慢知道每一段的意思，最後連每一句、每一個字都會知道。

　　「當背景音樂聽」的目的是模擬語言環境，讓我們不用特地到某個國家也能沉浸在那個語言之中。根據研究，運用這種練習法，我們的語言能力會在聽了一千個小時之後有爆炸性的成長，從完全不會變成「大概都聽得懂」的程度。為什麼是一千個小時呢？我們都知道，小孩一到兩歲的時候就會說話，也略略聽得懂大人在說什麼，如果我們把小朋友睡覺的時間扣掉，到他們兩歲的時候剛好聽了一千個小時的人類語言。

　　祕訣：聽不懂也要聽，把自然的語言當成背景音樂，聽一千小時之後語言能力會有爆發性成長。

⊙第二步──跟著開口說

學一個新語言的發音，不需要靠音標也不需要先學字母，最有效、最標準的方式就是**「跟讀」**（shadowing）。

「跟讀」顧名思義就是**「別人說什麼，你就馬上跟著說什麼」**，跟學唱歌是一樣的概念。如果我們今天聽歌，跟著哼，一開始一定唱得不像也唱不好，也會有很多模糊的地方，但經過多次的練習之後，就能掌握到那些模糊之處，甚至唱得跟原唱一樣好。「跟讀」語言也是同樣的道理，我們可以把某個喜歡的電影或連續劇片段剪下，學裡面的人說話，一開始一定會跟不上，多學幾次之後就會跟裡面的人講得很像了。例如，我學廣東話的時候就是每天不斷聽《食神》電影的音檔，我特別喜歡一開始食神大會的片段，我就把那段聲音特別剪輯，跟讀那一段每個演員的台詞。

「跟讀」的練習**每天只要十五分鐘**即可，一般人的話，長度一分鐘的音檔每天練習十五分鐘，約兩到三週就有辦法一氣呵成背出來。這裡背出來的意思並不是背稿，而是音檔的內容像音樂一般，變成身體的反射，開口說的時候，就像彈鋼琴背譜的感覺一樣把語言說出來，至此都不必學任何音標、文字或是發音技巧。若想更清楚了解跟讀的方法，可以上「多國語言習得活動網」（http://polyglot.tw）查詢。

以「跟讀」配合「聽背景音樂」的方式，大概三到六個

月，我們就可以把語言從不會練到大概聽得懂的程度。如果有機會跟真人互動的話，建議大家買一本簡單的實用會話手冊，不知道要說什麼的時候，可以從手冊裡面找話題，也可以參考裡面的句子，表達自己的想法，這樣的學習速度會再更快。

⊙第三步──學文字、閱讀、寫作轉大人

小朋友到上小學前並不會學寫字，要學會語言也不一定要學會書寫，如果要學書寫，我有以下建議。

建議還沒有嘗試過「小朋友的方式」的人，**先用「第一步」和「第二步」的方式學新語言，一個月之後再開始接觸書寫和閱讀**，這樣才有辦法真的內化小朋友的方法。具體的指標就是「跟讀」的成果，只要能不靠文字把自己剪輯的音檔說出來就算過關，之後可以參考坊間一般的教材學習文字。

當我們達到了大概可以表達自己，也能聽懂別人說什麼的程度後，想要再更上一層樓的話，大量學習字彙和閱讀各種書報雜誌就是必經的歷程，其中閱讀的重要性大於記單字，因為用目標語言吸收知識會讓我們的語言能力大幅提

升，並養成用目標語言思考的習慣。

閱讀以書籍為首選，小說和非小說類讀物都是很好的選擇。以英語為例，**不查字典也能看得懂八成的書籍就是適當的讀物**，看書時重點是享受閱讀，以了解內容為目的，**不必太在意不懂的單字或用法，有些看不懂的細節或片段跳過即可**。大量閱讀各種不同領域的書籍之後，我們會**自動從文脈學到新的字彙**，用這樣學的字彙不容易忘記，也能正確掌握用法。

如果想特別加強字彙，看完一個段落或是整本書之後，可以再另外花時間研究不會的單字或用法，記在筆記本或單字卡上。使用單字卡或各種app軟體背單字，要掌握「用零碎時間」背單字的原則。如果有時間坐在書桌前學語言，投資在「看書」的效益比較大，通勤、等人、排隊或是靜不下來的時候，就是背單字的最佳時光。

最後我們來談寫作，不論哪一國語言，我都是用**勤寫日記**的方式練習寫作，讓自己習慣用各種不同語言思考，每天寫一篇一百到兩百字的日記，大概一個月後就可以養成用目標語言思考的習慣。有人可以幫忙批改的話更理想，建議利用像Lang 8之類的網站找尋母語人士幫忙批改，請他們指導最道地的說法。

學語言沒有神奇的方法，也沒有無痛的方法，有再好的方法我們都需要紀律，都需要持之以恆，請你一定要相信自己，只要堅持下去，一定能夠學會你想學的所有語言。

〈結語〉

多語思維，打破溝通的藩籬

多語言活動不是要「學很多語言」，而是透過自然的方式接觸多語言，喚醒我們的語言本能和對世界的好奇心。

⊙用多語言促進國際觀

要改變人們對「國外」「國內」和「世界」的既定觀念，第一步是要改變人們對於「語言」的意識，一切的溝通不良、歧視或是爭執，都來自於對「語言」的意識。

一般人如果聽到自己不懂的語言，往往拒絕繼續傾聽，把它當成雜音、置之不理，溝通無法持續。為解決這樣的困境，我們創造了一個多語言的教材、環境和活動，讓成員在即使不懂意思的情況下，去習慣聽到不同語言的聲音，原本無法接受聆聽自己完全不了解的語言的人，開始覺得聆聽不同語言是一件有趣的事，漸漸地，人們心中語言和語言的界線也瓦解了，並開始對語言背後的文化和人產生興趣。

這種語言學習活動有別於一般「由上而下」「老師跟你

說」的學習方式，一切都是靠自己探索，如此一來，參加者能夠不受既定觀念影響，完全依自己的天性去欣賞每種語言的美和獨特之處，並進一步以沒有偏見和預設立場的方式，去認識語言背後的人和文化。

目前我們不定期舉辦各種多語言講座和課程，也固定舉辦「多語咖啡」，這些活動的目地都相同，希望讓大家可以擺脫傳統語言教育的束縛，真的學會用語言溝通，擁抱一個更寬廣的世界。

多語言的確帶給我一個無限寬廣的世界，**世界不僅是我的遊樂園，世界真的是我的家，每個角落都有人在等我回家**。學語言很好，但不必像我一樣傻傻地用半生去追求這麼多語言，只要保有多語言的胸懷即可，我覺得這才是多語言帶給我最珍貴也最重要的寶藏。

我期望透過多語言活動推廣多語思維，協助大家**打破溝通的藩籬，超越那些看似無解的意識形態**。從人與人之間開始，推廣到團體與團體，國與國，再到區域對區域，人人都有多語思維的話，紛爭一定會減少，世界一定會更美好。

在書末，我把我體悟到的語言三境界送給大家：

剛開始，會幾種語言好像是件很重要的事，我喜歡問：「你會說多少語言？」

（How many languages do you speak?）

慢慢地你將發現，真的要「會」一個語言，你必須用它生活，於是我會這樣問：

「你會用多少語言生活？」

（How many languages do you live in?）

現在我知道，一個語言真的要對你的生命產生意義，你要會用它去愛人，建立深刻的情誼，因此，我會問：

「你能用多少語言去愛？」

（In how many languages can you love?）

希望下次你遇到我的時候，不要問我會幾種語言，記得問我：「Terry，你會用多少種語言去愛人、愛這個世界？」

語言習得Q&A

同時運用語言習得和語言學習，會比較好嗎？

語言習得和語言學習沒有直接的因果關係，一個是知識，一個是技能。

Stephen Krashen原以為文法有助於習得，花了很多時間研究文法，完成了他的博士論文。然而，經過多年的研究，他發現語言學習（文法）不但無助於習得，在實務上還會影響習得，造成反效果。第一個問題就是以文法領導教學的方式非常枯燥乏味，學生很容易失去興趣；第二個問題是，學生學了文法之後會太在意文法的對錯，在溝通時無法自然地使用語言。

文法是一種「語言的知識」，用來描述語言，並不是語言本身，我們要學的是騎腳踏車，而不是腳踏車的靜力平衡圖，套一句Krashen的名言就是「knowing about a language」（知道一個語言）跟「knowing a language」（會一個語言）是不一樣的。

大人也可以語言習得嗎？
年齡跟學語言有關嗎？

習得是不分男女老少，只要是人類都具備的能力，跟年齡無關，與智商也無關，只是大人忘記如何用「小朋友的方式」學語言，只要透過練習找回這個小朋友的方式，大人也可以像小朋友一樣輕鬆習得語言。

我們都聽過「臨界期假說」的坊間版本，根據這個說法，人只要過了青春期就沒有辦法學好語言，這個論述有非常大的問題。

首先「人過了青春期就沒有辦法學語言」裡的語言是指第一語言，如果我們到青春期之前從來沒有接觸過人類語言，而到青春期之後才接觸的話，我們就無法像一般人一樣把母語學好。美國有位叫做 Genie 的受虐兒，她十三歲之前都被家長囚禁在地下室，完全沒有跟人接觸說話的機會，她被救出來之後，許多行為學家和心理學家都試著教她英語，但她怎麼樣都學不好。

所以，這個論述指的是第一語言，並不是我們平常在說的「學語言」或「學外語」。那麼已經學好第一語言的人，過了青春期之後也能把某個語言學得跟母語人士一樣好嗎？

這個問題的答案也是肯定的。在臨界期假說的經典研

究（Johnson & Newport, 1989）中就有一位二十歲出頭才移居美國、開始學英語的人士，達到跟母語人士一樣的語言能力。許多其他研究也都指出，不論你今天是二十歲還是三十歲，只要你願意下苦工，講得跟母語人士一樣好也不是問題，甚至還可以比母語人士講得更好（Hyltenstam & Abraharnsson, 2003）。

小朋友學語言比較快嗎？

就生理上來說，小朋友的確比大人有些優勢，比如說，小朋友的聽覺皮脂比大人敏感，對聲音的掌握可能比大人快些。但這些差異都相當有限，是九十分跟一百分的差距，而不是六十分跟一百分的差距。

若從認知上的觀點來分析，大人反而比小孩有優勢，因為我們會思考，也會邏輯分析，只要妥善使用我們的認知能力，大人學語言反而比小朋友有利。

我們都忘了我們小時候是經過了兩到三年才學會基礎中文，大概到小學低年級時語言能力才發展完成，開始學習閱讀跟寫作。小朋友花了這麼長的時間才學會，你說他們真的學得比較快嗎？

之所以會有這樣的錯覺，是因為我們心太急，大人總想要在短時間內掌握語言，稍微遇到挫折就放棄，長期

下來就會有「我怎麼學都學不會，小朋友一下子就學會」的錯覺。其實小朋友也花了很多時間學，只不過他們不覺得他們在學，而是在探索世界。

小朋友學語言沒有比較快，但小朋友學語言的「成功率」確實比較高，這是因為大人不但忘了「小朋友的方法」，也因為生活繁忙，無法耐心等待語言開花結果。只要我們放下焦躁的心，持之以恆地學語言，我們一定能夠學會任何我們想學的語言。

<h2 style="text-align:center">任何人都可以學很多語言嗎？
可以同時學很多語言嗎？</h2>

二〇一三年夏天，我到波士頓的麻省理工學院拜訪 Dr. Suzanne Flynn 教授，她是知名的語言學家 Noam Chomsky 的弟子，研究語言習得的相關問題已有三十多年，以「完全可取得假說」（full access hypothesis）聞名於學界。她最關心的題目之一，就是人到底可以學多少語言，三十多年來的經驗告訴她：「人類語言習得的能力無限大。」

我們都知道，在多語言環境下長大的小孩都自然會說多種語言。在非洲，會說數十種語言的人不在少數，同樣的情形也發生在印度和馬來西亞。事實上，世界上超

過一半的人口都會講兩種以上的語言，比只會說一種語言的人多上很多倍，因此「多語言」才是人生下來的本來面貌，我們的大腦隨時準備好要學會任何語言。同樣地，如果大人也有多語的環境，能夠克服性格和情緒上的障礙，用小孩子的方式去接觸這些語言，一樣可以自然地學會很多語言。

只要我們有時間、有精力，我們想學多少語言，就能學多少語言；如果學會很多語言是你的夢想，請不要猶豫，勇往直前。

我想學××語，但大家都說××語很難，我能學會嗎？

回答這個問題之前，我們先來看一段緬甸語的發音規則：

1. 若前字為弱化母音或喉塞音結尾，則後字不發生濁音化。
2. 若前字不為喉塞音結尾，則後接助詞或後字常會濁音化，例如：

格助詞 ka→ga（例如「來自台灣」taiwan‐ka la‐te→taiwan‐ga la‐de）

命令助詞pa→ba（例如「請坐」thain-pa→thain-ba）

想要chin→jin（例如「想吃」sa-chin-te→sa-jin-de）

3.複合詞不發生濁音化，例如：

聽 na - htaun - te → na - htaun - de（na 耳朵；htaun站）

不過例外也很多，例如：頭 khaun→gaun

如果你直接跳過以上敘述，從這裡看起的話，恭喜你，你是正常人。如果我對緬甸語沒興趣，一定也不會把這些規則看完。假使今天緬甸語是像英語一樣重要的語言，大家可能會勉強看完，但看完會馬上覺得頭痛，大嘆：「為什麼這麼難？」

當語言的構造（文法）很複雜的時候，傳統方法就會變得非常困難，大家說的「冰島語難」和「俄語難」的「難」指的就是這個意思。以俄語為例，如果一開始就要求俄語格位全部正確，學習者會非常吃力，如果老師也一直糾正，學習者就會變得不敢講、不敢用，漸漸失去興趣。

習慣傳統學習法的朋友都知道，這種博學強記的方式對某些語言還算有效，對某些語言卻不太管用。比如

說，用博學強記的方法學英、法、西、韓、日語等語言還算可行，也能有尚可的效率，文法高手甚至可以速成考檢定；德語是一個在邊緣的例子，硬要用傳統方法仍可學會，但已開始感到效率不彰；用傳統方法學俄語的效果就非常差，背了很多格位變化之後會發現跟沒背是差不多的。

從這些常見語言的例子我們可以發現，就語言的構造（一般說的動詞變化、格位等）而言，語言有兩種極端，一種是看起來有很多系統化變化的語言（俄語的結構或緬甸語的音韻），另一種是極端沒有系統性變化的語言（華語結構或是日語的音韻）。對於這兩種極端，用傳統的方法學很沒效率，以「小朋友的方式」直接聽說會話、背句子或句型，反而快又輕鬆。介於這兩者之間的語言是唯一傳統方法可以著力的地方，因為這些語言的「構造」不算太複雜，用「腦力」可以應付，有趣的是，目前亞洲的「主流外語」大多是在腦力可以應付的範圍。

雖然說用腦力可能應付，傳統教學法仍不是一個適合所有人的方法，看看我們身邊因為學校教育放棄英文的人數就清楚了。如果我們不用傳統的方法學語言，改用小朋友的方式的話，世界上所有語言就沒有所謂難或不難，用這樣的想法去學語言，學俄文和學中文也就沒有

什麼不同了。

　　世界上所有語言都是人類的語言，全世界的小朋友都在同時間學會說話，沒有哪個語言比較難，想學就一定可學會！

錯誤都沒人糾正，真的沒關係嗎？

　　語言的習得與發展需要一定的時間，也有其必經的過程。在自然狀態下，每個人所需要的時間和經歷的階段都是相同的，如果時候未到，怎樣矯正填鴨都是無效。用「錯」去形容這些必經的階段並強制矯正，不但沒有助益且可能妨害語言發展。

　　一次，我到在波士頓的日本友人家住了三天，他們的三歲小女兒 Mia Mia 當時已經會說簡單的日文，但她的日文有很多「錯誤」（非標準）的地方，其中的 ka→ta 的變換是最有趣的一個。

　　在他們家 homestay 的第一天，我跟他們全家一起去參加了一個波士頓日本媽媽的聚會，Mia Mia 拿了一個紅色的小毬果給我，喊著「ata ata ata」。她發現我聽不懂，又拿來一些綠色的給我，繼續指著紅色的說「ata ata ata」，我這時才恍然大悟，原來他在說「aka」（紅色），只是不知道為什麼她會說成

「ata」。我心中有個直覺，這可能不是aka念成ata的問題，是「所有的k都被念成t」，我馬上想了個方法加以證實。剛好我手上有隻熊，我就用日文問她「這是什麼？」

Mia Mia曰：「tuma」（日語的熊是「kuma」）

這是一個異常有趣的事，除了k真的變成t之外，「tu」這個標準日文不會出現的聲音也出現了（標準日文有tsu但不會有tu）。我繼續設計各種不同的問題問mia mia，看她會說出什麼字，果然所有的k都變成t，ti和tu這種不會在標準日文出現的聲音，也很規則地出現了。之後，我刻意在全家人都在的場合，讓Mia Mia說出這些「非標準日文」，看看他們全家會有什麼反應。Mia Mia的哥哥Amato一直大聲疾呼：「是aka！」媽媽Ririka也跟我說「小孩子講話不清楚」。大家覺得Mia Mia聽到這些評語，是如何反應的呢？

Mia Mia曰：「ATAAAAAAAA」

不管Ririka或Amato糾正她幾次，她都覺得她講的沒有錯，對那個階段的Mia Mia來說，aka就是ata，我們無法改變她的語言發展，必須等到有一天她自然發展到aka就是aka的時候，大家才會有共識。

如果Mia Mia是大人，我們可以用強制矯正的方式要

求她不要說ata，但效果只是一時的，因為Mia Mia的語言發展階段還是在aka→ata，只要一沒有注意，ata就會繼續出現。如果Mia Mia因為說ata受到懲罰，不但會讓她不開心，甚至會影響她自然從ata成長到aka的階段。

雖然難免會用「對或錯」來形容語言非標準的情況，但我不認為應該用這樣負面的形容詞來描述語言學習者的語言，每個階段都有每個階段的特色，這一切都只是過程，只要持之以恆，大家就會走到自己想去的地方。

語言教育應該是一種「加分法」教育，而不是「減分法」。在日本小學裡，老師會把對的圈起來但不把錯的劃掉，美國人也說「Catch 'em while they're young!」，我們要對自己和孩子有信心。

Eurasian Publishing Group
圓神出版事業機構
用心同行對話・視野無限寬廣

方智出版社
Fine Press

http://www.booklife.com.tw   reader@mail.eurasian.com.tw

方智好讀 083

這位台灣郎會說25種語言：
外語帶你走向一個更廣闊的世界

作　　者／謝智翔
發 行 人／簡志忠
出 版 者／方智出版社股份有限公司
地　　址／台北市南京東路四段50號6樓之1
電　　話／（02）2579-6600・2579-8800・2570-3939
傳　　真／（02）2579-0338・2577-3220・2570-3636
總 編 輯／陳秋月
資深主編／賴良珠
專案企畫／賴真真
責任編輯／巫芷紜
校　　對／巫芷紜・賴良珠
美術編輯／王　琪
行銷企畫／吳幸芳・涂姿宇
印務統籌／劉鳳剛・高榮祥
監　　印／高榮祥
排　　版／杜易蓉
總 經 銷／叩應股份有限公司
郵撥帳號／18707239
法律顧問／圓神出版事業機構法律顧問　蕭雄淋律師
印　　刷／祥峯印刷廠
2016年3月　初版
2019年5月　6刷

定價 280 元　　　　　ISBN 978-986-175-419-2　　　　版權所有・翻印必究

◎本書如有缺頁、破損、裝訂錯誤，請寄回本公司調換　　　Printed in Taiwan

保持開放的心胸和好奇心，

能夠轉換觀點和不同人群一起感同身受，

可能才是在國際間闖盪時最重要的觀念。

——《這位台灣郎會說25種語言》

◆ **很喜歡這本書，很想要分享**

圓神書活網線上提供團購優惠，

或洽讀者服務部 02-2579-6600。

◆ **美好生活的提案家，期待為您服務**

圓神書活網 www.Booklife.com.tw

非會員歡迎體驗優惠，會員獨享累計福利！

國家圖書館出版品預行編目資料

這位台灣郎會說25種語言：外語帶你走向一個更廣闊的
世界／謝智翔 著. -- 初版 -- 臺北市：方智，2016.03
　　224面；14.8×20.8公分 --（方智好讀；83）
　　ISBN 978-986-175-419-2（平裝）

1. 外語教學　2. 語言學習

800.3　　　　　　　　　　　　　　　105000003